泰山北斗
ill.nauriribon

異端な彼らの機密教室 2

Confidential Classroom for Heretics

思春期スナイパーの引き金を引く理由

Table des matières

異端な彼らの機密教室２

思春期スナイパーの引き金を引く理由

泰山北斗

GA文庫

カバー・口絵　本文イラスト
nauribon

Les soucis d'Aoba. ──桜ヶ平青葉の悩み──

私に狙撃を教えたのは、強い女性(ひと)だった。

ここより遠い、北の大地の大自然の中で、私は狙撃に必要な技術を全(すべ)て学んだ。

だからと言うわけでは無いけれど、命を奪うことに抵抗はなかった。

むしろ、私よりも強い獣が1発の弾丸に倒れる様を見て、ある感情が芽生えてきた。


一方的に命を奪える全能感。


その全能感のせいで、全てを知った気になっていた。

師匠からは、その感覚には決して酔うなと叱られるも、私は本当の意味を理解しなかった。

けれど、今更になって、幾つもの屍(しかばね)を築いた後で、ようやく気づかされた。

学んだのは、技術だけだったのだと。

本当に必要なのは、命のやり取りをする心構えなのだと。

私はその事実から目を背(そむ)け、強者の仮面を被(かぶ)り続けていた。

本来心構えは、強い意志や使命感、あるいは憎悪によって培われ、強固になっていく。

でも、私は違う。

なんとなく、強いて言えば憧れ。そんな理由でできてしまっていた。

故に芯を根本から支えるものはなく、折れてしまうのは早かったらしい。

強いと思っていた自分は、ただ射程というメッキで覆われただけの弱者なのだと気づく。

何度も何度も思い出しては、恐怖に身体を震わせる。

既に死んでいるはずの、私を撃とうとした人の幻影を夢に見る。

ああ、私は、なんて弱いのだろう。

私を育ててくれた人は、いつかこうなることを分かって警告してくれていた。

友人のような、姉のような、母のような、そんな人。

あなたは今、どこで何をしていますか。

師匠のことですから、ますますご健勝のことと存じます。

それに引き換え、私は恐怖を知ったあの日以来……。

——人を撃つことができなくなったかもしれません。

Un quotidien coloré. ——色濃い日常——

本格的に夏に差し掛かり、最初は新鮮だった蟬の声が煩わしくなってきた頃。

病院の駐車場に停めた車から降りると、強い日差しが全身に降り注ぐ。

サングラスを掛けていなければ、目が焼けてしまいそうなほどだ。

何故わざわざ、こんな暑い日に外に出ているのかと言うと……。

「来たか」

「うーっす。お迎えご苦労、潤サン」

長身でスタイルのいい褐色肌の少女が、片手を挙げて不遜な挨拶をする。

実働A班の血の気が多い戦闘員、新志衣吹。この暑さに堪えた様子を見せてはいないが、制服の着方がだらしない。気持ちは分かるが、シャツのボタンくらい閉じろ。

肌も下着もほとんど見えているわけだが、当の本人は特に気にしていなさそうだ。

「あぢ～、あぢ～ッス。あ、おはようございますッス。ご……先輩」

追随するように、クリーム色の髪を頻りに弄る、ゆるふわした雰囲気の少女も来た。

実働A班のお調子者工作員、槐幽々子。暑さにやられているようで、かなり垂れている。

制服はしっかり着用しているが、既にシャツが汗ばみ、透け始めている。あと10分も外にいれば、服が意味をなさなくなるだろう。

……舌を出すな、犬じゃあるまいし。

「おはよう。2人とも、元気そうで何よりだ」

「一番重傷で死にかけだった奴が一番元気そうだけどな」

「そうッスよ。どうなってんスかね……」

約1ヶ月前、大量の銃と共に、日本に密入国した武器商人の身柄を確保するという、極秘の作戦を行った。結果的に、作戦は失敗。

理由はイエローアイリスというテロ組織と、標的がかち合って戦闘になったのだ。

幸い死者は出なかったが、衣吹と幽々子は重傷を負い、この1ヶ月間入院していたのだ。

ちなみに、オレも同じく重傷を負ったが、入院1週間でほぼ完治した。医者には本当に人間かと疑われたが、自分からしても怪しいところである。

「ひとまず、退院おめでとう、と言っておこうか」

そして今日、衣吹と幽々子が退院するということで、オレは朝早くから迎えを要求され、こうして車で病院に足を運んでいるというわけだ。

「まあ乗れ。入院していた1ヶ月間の話は道中でしてやる」

後部座席を開けて乗車を促すと、衣吹が満足そうな笑みを浮かべた。

「潤サンを顎で使う学園長の気分ってのは、こんな感じか。悪くねぇ」

衣吹は不遜なことを口走りながら素直に乗車した。

しかし、幽々子はそわそわと視線を動かして、乗車しないでいる。

「どうした？　冷房ならもう効いてるぞ？」

「う、運転なら自分がするッスよ！」

……幽々子は、最近ずっとこんな調子だ。

元はこういう遠慮をする奴ではなかったが、件(くだん)の作戦で、幽々子が幼少期に植え付けられた主従関係を構築するための洗脳状態を、呼び覚ましてしまったのが原因らしい。

単なる言葉遊びのようなものだったが、起こってしまったものは仕方がない。

遠慮させる原因を作った自覚もあるので、元の幽々子に戻す方法はまた考えるつもりだ。

「いいから、乗れ」

「う……ひゃい」

少し強めの命令口調なら素直に言うことを聞くが、これではオレの居心地が悪い。早めになんとかするとしよう。

車を走らせ、紫蘭(しらん)学園へと向かう。

「1ヶ月間ろくに体動かしてねぇからなぁ、鈍(なま)っちまってしょうがねぇ」

「ブキ先輩、筋トレしてたら看護師さんが飛んできて止められてましたもんね」

「お前は止められなかったのにな」

「そりゃ自分はバレないようにやってたッスから。空気椅子とか」

後部座席では、入院トークが繰り広げられている。

……衣吹と会話する時は、幽々子はいつもの口調に戻るのか。

「時間がある時なら、いつでも扱いてやるぞ」

「そりゃいい。そろそろ勝てそうな気がしてたんだよ」

「万全の状態でも勝てなかったのに、よく言うッスね」

「ようし、お前から捻ってやる」

「ちょっ！　ここ車内ッスよ⁉」

後部座席でキャットファイトを繰り広げ始めた。

衣吹が襲い掛かり、幽々子が抵抗する度に車が揺れる。

シートベルトを巻き戻す機能とかないだろうか。ないだろうな。

「おい、あまり暴れるな」

「ブキ先輩に言ってくださいッス！」

ん？　今、幽々子が普段通りに喋ったな。

衣吹の猛攻への抵抗に必死なのか、自分でも気づいていないようだが。

しばらく戯れ合った後、体を動かしたことに満足したのか、衣吹は席に座り直した。

幽々子はぶつぶつと呟きながら、捲れ上がった服装の乱れを直している。

「その様子だと、幽々子も運動不足だろう？　訓練はしておいた方がいいんじゃないか？」

「ひぇ……お、おっしゃる通り……ッス。ご……先輩」

勢いで行けると思ったが、落ち着くと元に戻るのか。これは重症だな。

他にも気になることはあるし、後で詩織にでも相談するのがいいだろう。

これは決して丸投げではない。

そんな言い訳を誰にでもなく内心で言いながら、赤信号で車を停止させた。

「んで？　あーしらがいない間の仕事はどうだった？」

「何も問題は無かった。仕事は2回あって、1回目は仕事の準備をしていた殺し屋の始末、2回目は手癖の悪い暴力団員の始末だった。仕事の回数は少なかったが、内容はいつも通りだ」

仕事の性質上、青葉の狙撃に出番は無かったが、オレはそれなりに運動になった。

「日本に殺し屋なんていんのか？」

仕事はどうだったと聞いてきた衣吹の関心は、日本にいた殺し屋に移った。

「目的は各々あるだろうが、日本にも結構いるな」

「いるッスね」

「マジでか」

オレだけでなく幽々子も同意したことで、衣吹の中で信憑性が増したようだ。

実際街を歩いてみると、殺し屋か、近しい筋の人間とはすれ違ったりする。

視線や足運び、他にも体から滲(にじ)み出る動作全(すべ)てが、一般人とは明らかに違うのだ。

そんな人間が一般の人の間を縫って動くものだから、目立って仕方がない。

潜伏しているのか、もしくは足を洗ったのか、社会に溶け込んでいる姿も稀(まれ)に見る。

当然、相手もオレのことに気づいているだろうが、そこは互いに不干渉ということらしい。

「公的機関からマークされてる殺し屋もいるッス。各国諜報(ちょうほう)機関の人もちらほらと……」

「なんか、あんまり聞きたい話じゃねぇな。街中で挙動不審になりそうだ」

「見つけようとすると見つけられないだろうな。視界の端の違和感に気づけたら一人前だ」

「んな称号いらねぇよ」

不満げな言葉を漏(も)らした。

なんだ、一人前の称号はいらないのか。

「話が逸(そ)れたけど、結局標的は潤サンが全部片付けたと」

話を逸らすきっかけを作った衣吹が、話の軌道修正をして、話題を戻した。

「ああ。お前たちがいない時くらい、こうして体を動かさないとな」

「そりゃ相手が可哀想(かわいそう)だな」

「ご……先輩相手なら逃げも隠れもできないッスからね」

「ゆんが言うと説得力が違うな」

潜入や隠密が得意な幽々子だからこその、含蓄が込められた言葉だ。

「あーし相手なら敵もいくらか逃げるチャンスはあるのにな」

「ご……先輩に比べれば、ブキ先輩相手の方が逃走成功率高いッスもんね」

「言ったなコラ。……ま、ムカつくが、事実そうなんだけどさ」

憤るわけでもなく認めるか。

衣吹にも思うところはあるのだろうが、少々意外だ。

「ところで、さっきから幽々子がオレを呼ぶ時だけぎこちなくないか？」

「今更かよ」

「しょうがないじゃないッスかぁ……。自分の魂が主人と認めちゃってるんスよ」

洗脳や暗示に似た教育は心の奥まで根ざしているらしいが、自覚できるものでもあるようだ。

それでも自分で解けないのは、強力な暗示が思考を阻害してしまうからだろう。

それを払拭するのは容易ではない。

オレもかつては同じだったが、元主人の葉隠狐（はがくれきつね）によって、今となっては暗示のほとんどは解かれている。これも1ヶ月前の作戦の時のことだ。

「いっそのこと開き直れば？　ご主人様～って呼べばいいじゃねぇか」

「なんか恥ずくないッスか？　それ」

「驚いた、羞恥心があるとは」

「先輩はナチュラル失礼ッスね。知ってたッスけど」

ふむ、幽々子の口調が戻る条件がなんとなく分かってきた。

ツッコミ……いや、咄嗟(とっさ)の反発か？

どちらにせよ、面倒な手順は必要なさそうに思える。

「ほら言ってみ？　ハートマーク付きで」

「な、なんで自分がそんなこと……」

「ゆん、よく行くだろ？　そういう店。なんだっけ？　メイド喫茶？」

「もうこの話よくないッスか⁉」

普段おちゃらけている幽々子が、顔を赤らめて吠(ほ)えた。

「お、珍しく照れた」

その後はむくれて窓の外を見るだけで会話をしてくれなくなったが、オレと衣吹はずっと笑いを噛(か)み殺(ころ)していた。

1

学園に戻り、衣吹と幽々子を寮に送ったあと、オレは学園地下の射撃場に足を運んだ。

まだ早い時間ということもあり、数人の学生が月30発の射撃訓練に勤(いそ)しんでいる。

弾む会話を聞く限りは、普通の学校での生活が難しいほどの問題があるような学生には見えない。これも、紫蘭学園の教育の賜物（たまもの）なのだろうか。

「お？　潤さんおはよ」

学生を見ていると、ガンスミスの戸津川（とつかわ）スミに声を掛けられた。

相変わらず、学生の目に悪そうなタンクトップ姿だ。どうしてこう、露出する奴が多いのだろうか。暑いのは分かるが、腰に巻いてるツナギを着ろ。

「おはよう。少し撃っていこうかと思ったが、後にした方が良さそうだな」

「あ～……そうね。そっちのが助かるかな」

チラとシューティングレンジの学生を見て、遠慮気味に答えた。

射撃場の管理者として、学生を監督しなければならないのだろう。

「スミちゃ～ん！　当たんないよぉ～！」

「はいはい今行くから！」

学生たちに呼ばれ、忙しそうに返事をした。

それにしても、学生からはスミちゃんと呼ばれているのか。随分と慕われているようだ。

「何か手伝おうか？」

「大丈夫よ、ありがと。……その代わりと言ってはなんだけど、千宮（せんのみや）を見つけたら、今月の射撃義務消化してないから、早めに顔出せって言っといて」

「了解した」

どこにいるか想像もつかないが、同じ学園内にいるのだから、そのうち会うだろう。

「それじゃ、ウチは行くから。ゆっくりしてってもいいけど、邪魔はしないでね」

「ああ、しばらくゆっくりしていこう。人気者は大変だな、スミちゃん」

「だまらっしゃい！」

ベシッと肩を叩(たた)かれ、スミは学生の所へと走っていった。

……さて、これからどうするか。

特に急ぐ用事も無ければ、日課の訓練も終えたばかりだ。

立ち止まって考え事をしていると、背後から大きな気配を感じた。

「邪魔や。こんなとこ突っ立っとらんと、せめて端に寄れ、ただでさえでかいんやから」

背後には、硝煙とガンオイルとほんの少しのタバコの匂(にお)いを漂わせた、熊のような体躯(たいく)の大男、佐伯充造(さえきじゅうぞう)が立っていた。

オレよりでかい奴に、でかいから邪魔だと言われるとはな。

「今帰るところだ。邪魔したな」

「ああ？　自分でゆっくりしてくっつったのにか。別にどうでもええけどな」

目的があっての言葉ではなかったが、聞かれてたか。

壁に背を預けて道を譲ると、充造は目の前を横切って工房の扉に手をかけた。

「せや、お前の【ＰＧＭ．３３８】だが、随分機嫌が良かった。なんかしたのか？」

工房には入らず、思い出したかのように、妙なことを訊いてきた。

銃の機嫌？　こいつは何を言っているんだ？　いや待て、機嫌じゃなくて期限の方か？

「銃が今まで以上に、俺に語りかけてきやがる。持ち主以上に雄弁にな」

間違いなく、機嫌の方だな。

全く理解できないが、一流の職人には何か感じることがあるらしい。

仮に銃が喋るならオレは結構恨まれていそうだが、充造が語るには機嫌がいいらしい。

「そもそも銃が喋るのか？」

「喋るに決まっとるやろ。一個一個の動作に、言葉が溢れてくんねん」

何を当たり前のことを、と言わんばかりに疑問の表情を浮かべている。

まあ、そういう人間が少なからず存在するのは知っているが、直接見たのは初めてだ。

「好奇心で訊くんだが、銃の機嫌がいいと命中精度が増すのか？」

「それはお前の腕次第やろ」

いや、それはそうなんだが、オレが訊きたいことはそういうことではない。

「じゃあ、銃の機嫌が良ければ何かいいことが起こるのか？」

「会話が弾む」

ああ、だめだ。聞けば聞くほどドツボにハマる。

充造は何も考えてないのだ。感じることを感じられるままに話している。

「そうか、いい話を聞けた。じゃあな」

「ああッ？　おい！　信じてねぇな!?」

肩を竦めて肯定し、射撃場を後にすることにした。

特に予定はないが、仕事がないこともないからな。

「あ！　潤さん！　やっぱちょっと待って」

時間を置いて出直そうとすると、今度はスミに引き止められた。

「なんだ？」

「潤さんに見て欲しいものがあるのを忘れてたわ」

学生の指導はいいのかと、射撃場の奥に目を向けると、先ほどまで指導していた学生の義務射撃は終えたようだった。

忙しさから一時解放されたことによって、用事があることを思い出したらしい。

しかし、スミの表情をよく見ると、緊急事態とは言わないまでも、それなりの重要度であることは分かった。

「分かった。見せてみろ」

スミに付いていき、射撃場に併設されている工房に入ると、とあるものを見せられた。

「シューティングターゲット？」

そこには人型の射撃の的、いわゆるマンターゲットがあるが、着弾の位置は物の見事に人型を外している。ライフルを始めたばかりの初心者のものだろうか。

「で、これがどうした？」

「何か感じる？」

抽象的なことを訊かれても、答えられることは高が知れている。

「……？　センスが無いな」

「これ、昨日青葉が撃ったやつなのよ」

「なんだと？　……ブレブレだな」

桜ケ平(さくらがひら)青葉、実働Ａ班の狙撃手だが、狙撃手にあるまじき成績だ。

仮にオレが視界を遮(さえぎ)って撃っても、もう少しマシな結果になると思う。

心の乱れ、という一言では言い表せないほどの精度の悪さだ。

「最近、青葉の様子がおかしいってことには気づいてる？」

「確かに考え込むことが多かったな」

「それ。あの子、何かあっても抱え込むタイプの子だし、私が話を聞こうとしても、取り繕って笑顔を浮かべちゃうから心配なわけよ」

確かに、素直に悩みを話すようなタイプではないな。

青葉が特定の誰かと親しそうにしているところを見たことはないが、友人がいないというわけでもないだろう。深く話し合える友人はいなさそうだとは思うが。

特に大きな問題を抱えているようには思えない。

「考え込むのは青葉の癖だ。悪い癖だが、いつものことだろう？」

「あんたねぇ……いや、確かにいつものことだけど、表情が暗かったのは分かるでしょ」

そういえば、2人で仕事をした時、仕事の後には暗い表情をしていたし、日常のふとした瞬間に苦しそうに目を瞑ったりするのを、見かけることがあった。

「フィクサーなんだから、話くらい聞いてあげなって」

「一度声をかけたことはあるが、殺気を出しながら、それ以上聞くなと目が言っていた。ほんの1週間前のことだ」

「それは……本当にタイミングが悪かったのね」

スミに何か心当たりがあったのか、気まずい空気が流れた。

「と、とにかく、カウンセリングはあなたの仕事でもあんだからね！」

「分かっているが、訊いたとして素直に話すかは分からんがな」

「でも、潤さんは海老名先生に話したじゃん？　あの時のあんたですら立ち直ったんだったら、青葉が素直に話してくれないってのは、ただの言い訳になるんじゃない？」

知っていたのか、という視線を向けると、グラスを傾ける仕草で応えた。

飲み仲間とでも言いたいのだろう。酒の肴にされているのは少々癪だが、オレという実例がある以上、話す気のない者に話させることは可能だろう。

ただ、拷問や尋問ではなく、信頼関係に基づき相談に乗るというのは、存外難しいものだ。

「とりあえずやってみよう」

「ん、お願いいね」

スミはオレの肩を叩き、再び学生の射撃を見に行った。

彼女にそうした役割があるように、今のオレの役割も決まっている。

「この時間なら、あそこにいるだろうな」

誰に聞かせるでもなく呟き、目的の場所へと向かった。

2

日が傾き始め、太陽が赤く燃え上がっている頃。

青葉を探して灯台がある丘に足を運んだ。

灯台の麓、設けられたベンチに座り、落ちていく日を見ていた少女と目が合った。

「ここにいたか」

潜伏時以外の青葉は、なんとなく見つけやすい。

オーラというか、彼女の周りだけ温度が違って、空間が歪(ゆが)んでいるように見える。

まるで青葉が、見つけて欲しいと叫んでいるような気がしてならない。

「……どうも、フィクサー」

水色の髪を靡かせ、風に遊ばれている髪を押さえようともしない青葉と目が合った。

その肢体は触れれば手折れそうなほど華奢だが、剣呑な雰囲気と視線の鋭さが、彼女の強かさを物語っている。座っている姿勢はとても綺麗で、オレの視界を切り取ると、そこそこの値段で取引されるような絵画になりそうだ。

「なんですか？　ジロジロと」

「ん？　ああ、すまない」

やはり、至っていつも通りだ。

ムスッとした表情も、すぐに目を逸らして顔を背ける仕草も。

強いて言うなら、元気が無いような気がするが、機嫌がころころと変わる年頃だしな。

「あの、誰も隣に座っていいなんて言ってませんが」

青葉の隣に腰を下ろすと、ムスッとした顔がさらに険しくなった。もはや睨まれている。

「オレも許可を求めた覚えはないな」

「……そうですね」

ふむ、いつもの青葉なら、一通りの文句をぶつけた後に諦めるのだが、文句は言ってこないらしい。とうとう心が開いたか？　いや、それはないか。

オレの行動に慣れた、という可能性も否定はできないが、様子がおかしいというのも強ち間違いでは無いのだろう。

「最近よく暗い表情をするが、何かあったのか？」

こう訊いても、返ってくる言葉は恐らく……。

「いえ、特に何も」

まあ、こうなることは分かっていた。

明らかに何かあるのに、何かあったのかと訊いても話すような性格ではない。

話すとすれば幽々子くらいだろう。もちろん嘘を並べるだけだろうが。

「しばらく仕事で撃たないうちに、射撃が下手になったらしいな」

「見たんですね、あれ。あの日は……少し調子が悪かったんです。すぐに元に戻ります」

「だといいがな」

嘘だ。青葉は悩んでいる。それは傍から見て、こうやって会話をして、確信した。

問題は、オレには悩みの根元が分からないこと。

何に対して悩み、何を思って嘘を吐き、何を祈って指を絡ませているのか。

「らしくないですね。そわそわとして、こちらを見つめて」

何から訊くべきかと思案していると、青葉がそんな言葉を吐いた。

「言いたいこと、言うべきこと、言って欲しくないことまで、口を突いて出ていた人とは思えませんね。変わった、と言うより、私に対する扱いを変えたと言うべきでしょうか」

図星だった。最近は失言を避けるために、考えて発言することがそれなりに多くなった。それでもたまに出ることがあるが、そんなことはどうでもいい。

問題は、相手の気持ちを酌むという点においては、未（いま）だにからっきしだということ。

「私はそんなに、ガラス細工のように脆（もろ）そうに見えますか？」

だからこそ、今、青葉が怒っている理由が分からない。

事実、自分はそんなにか弱くないと、目が訴えていた。

確かに、花を手折らぬようにと、慎重に扱おうとしたことは事実だ。

分からない。人の心など、分かるはずもないのだ。

昔からそうだった。

「昔、狙撃の教官が言っていたんだが、戦術、戦略に則（のっと）って相手の思考、行動を読むということは可能だが、心を通じ合わせることは不可能、だそうだ」

幼少期に言われたことが、そのまま口を突いて出ていた。

「なんですか？　藪（やぶ）から棒に」

「今まさに、実感しているところだという話だ」

「……あなたと私の心が、通じ合うわけないでしょう」

青葉は視線を逸らし、再び夕日を見つめ始める。

「心が通じ合うなんてことがあれば、どんなに楽か」

　こちらに視線すら向けないが、代わりにそんな言葉が返ってくる。

「どういう意味だ？」

「ただの独り言です。気にしないでください」

　やはり、多くを語る気は無いらしい。

　どうしたものか。

　普通に話すだけなら話題には事欠かないはずだが、うまく言葉が出ない。

「……どんな人だったんですか？」

　互いに沈黙していると、青葉が我慢できなくなったかのように口を開いた。

　質問の意味を測りかねていると、続けて言った。

「あなたの狙撃の教官です」

「そのことか」

　どんな人……か。そう聞かれると、答えに困るな。

　先ほど青葉に言った通り、心を通じ合わせることなど不可能であり、しかもあの人は自分の過去をあまり語らなかった。オレが知っているのは精々外面だけなのだ。

「市街地と砂漠地帯での狙撃に関しては、右に出る者がいないと言えるほどの達人だ。天性の視力、天性の直感、天性の才。今も昔も狙撃のために生き続けた爺さんだ」

「フィクサーでも勝てないのですか？」

信じられないと言わんばかりに訊いてくる。

「絶対とは言わないが、市街地と砂漠では勝つビジョンが浮かばないな」

これは本心だ。

自分の中で英雄像を誇大していると言われれば否定できないが、強ち間違ってはいない。

あの人に勝てる狙撃手など、世界中探してもそういないのだから。

「では、こんな私では手も足も出ませんね」

自嘲気味に笑い、スカートに皺(しわ)を作るほど拳(こぶし)を固く握るその手は震えている。

「そう自分を卑下するな。自分の腕を信じることができない狙撃手は、長生きできないし、誰も守れはしない」

青葉は徐(おもむろ)に立ち上がり、冷めた目を向けた。

目に浮かんでいるのは、軽蔑(けいべつ)ではなく怒りの感情だ。

歯を食いしばり、拳を固く握り、何か言葉を吐き出したがっているのが分かる。

結局、感情のままに言葉を吐き出すことは無かったが、一度落ち着くと、髪を靡かせながら背を向けた。

「わざわざ私を探して、ここまで足を運んでいただいて恐縮ですが、仕事以外でなるべく私に構わないでいただけますか？」

一度言葉を区切り、何かを止めるように拳を強く握りながら告げた。

「ずけずけと、他人の心に土足で踏み込む。私は、そんなあなたのことが嫌いですから」

そう言って歩き去っていき、誰もいなくなったベンチに、改めて深く腰掛けた。

青葉は焦(あせ)っている。オレに力を過小評価されたと感じた時、怒りが露(あら)わになったのがその証拠だ。それに加えて、何か気に障ることでも言ってしまったか？　それとも偶然、機嫌が悪かったか。

……それこそ考えても仕方のないことか。

オレが言ったことだ。心が通じ合うなんてのは幻想でしかない。

「やはり、そう簡単にいくものではないな」

詩織が簡単そうにやっていても、オレにもできるということでは無い。

そもそも青葉の表情が暗いことは、詩織がすぐに気づいているだろう。

生徒の感情の機微には敏感な教師なのだから、とっくに話はしているはずだ。

だが、詩織と話してなお、あの状態なのであれば、彼女の悩みは相当根深いものなのか。

「さて、これからどうするか」

オレにできること、しなければならないこと、それはまだ見えてこない。

だからこそ考え続け、その時を待たねばならないのだろう。

それだけがオレにできる唯一のことだから。

しばらく没する日を眺めながら、風当たりの心地良さに浸っていた。

3

日が没して自室に戻る途中、廊下の奥で口論をする声が聞こえてきた。

聞き馴染(なじ)みのある声だったため、様子を見に行くことにした。

「ちょっとくらい手伝ってくれてもいいじゃないか！」

「ちょっとじゃ済まねぇから断ってんだろが。それとあーしは怪我人(けがにん)だぞ？」

衣吹と揉(も)めているのは、丸メガネと相変わらず不健康そうな顔の少女、千宮ふうかだ。

2人は階段の踊り場で揉めていて、傍(かたわ)らには大きめの段ボール箱が置いてあり、途中から聞いたとはいえ口論の内容も丸聞こえのため、揉め事(ごと)の内容は想像に難くない。

「おい、いくらふうかが小さいからといって、段ボールに入れて運ぶのは無理だろう」

「「……は？」」

2人はオレの顔を見るなり、何言ってんだこいつ。という表情を向けてきた。

「ん？　なんだ。ただその段ボールを運んで欲しかっただけか」

面白(おもしろ)そうな方に期待したが、想像した通りだったらしい。

「おい、なんだこいつ。変なこと言って勝手に納得したぞ」

「知らねぇよ。腕は確かだが、変な奴だからな」

衣吹とふうかはヒソヒソと話し始めた。こんな時だけ仲が良さそうだ。

「聞こえてるぞ。これは運んでやるから、陰口は他所でやれ」

袖(そで)を捲り上げて段ボールを持ち上げると、それなりの重量物であることが分かる。これをふうかが運ぶのは流石にキツイだろう。

「なんだ、気が利(き)くじゃないか。どっかの野蛮人と違って」

煽(あお)るように衣吹を見上げるふうか。

衣吹は面倒そうにふうかを見下ろしている。

「睨み合(あ)ってないで案内くらいしてくれないか?」

「おお、今行くよ。さんきゅ〜、羽黒(はぐろ)〜」

心なしかいつもより生き生きとしているふうかの後に付いていく。

階段を上がり、最上階の奥の部屋に案内された。

「ここは?」

学校施設というには無理がある設備が、部屋の中に広がっていた。

広さは普通の教室と変わらないが、黒板が丸ごとモニターになっていて、その大きなメインモニターに向かい合うように設置された机にも、いくつか小型のモニターが並んでいる。

椅子は二つ並べられており、頻繁に使用されているのが分かる。

「オペレーションルーム、正式名称は作戦司令室Aだな」

なるほど、ここが学園の機密作戦を支援するための、ＣＩＣ（戦闘指揮所）というわけか。

戦闘指揮所とは、作戦行動中の部隊を情報支援する施設だ。情報の収集、分析、伝達など機密作戦に必要不可欠な情報処理を行うための施設。

「こういう場所は、作戦時以外は立ち入り禁止じゃないのか？」

「四六時中作戦があるわけでもないし、誰かが掃除やら管理をしなきゃいけないだろ？」

それはそうだが、と部屋の端に視線を向ける。

寝袋、ウォーターサーバー、菓子の数々。確かに綺麗に使用してはいるようだが、明らかに個室として私物化されている。作戦以外で使用されないからこそ、サボり部屋として使用しているのか。

「あ、その荷物は作業机に置いてくれ」

「置き場が無いんだが？」

「いけるいける。大丈夫、大丈夫」

先ほどまで別の作業でもしていたのかと思うほど、様々な工具が散らばった作業机になんとか荷物を下ろし、肩を回す。

「ほい、ごくろーさん」

ふうかはマグカップと紙コップにそれぞれ珈琲を淹れ、机に置いてあった紙コップホルダーで渡してきた。

わざわざオレの分も作ってくれるあたり、歓迎してくれているのだろう。ありがたいのだが、おかげで帰るタイミングを逸してしまった。

「……まあ、これくらいなら暇な時限定で手伝ってやる」

「いつでもとは言わないんだな」

「面倒な時用に、逃げ道は作っておくべきだろう?」

「それにはボクも同感だ」

ふうかはキャスター付きの椅子に座り、対面の椅子に座るよう促してくる。

少しくらいは付き合ってやるかと、椅子に腰を下ろした。

「ここは他にも誰かが使っているのか?」

ふうかが座っている椅子と、オレが座っている椅子を見て尋ねる。

「作戦はクリーナーのオペとの連携が必須だからな。ここで一緒にやるんだよ」

クリーナーにもオペレーターが付いているのか。いや、当然のことか。

情報の遅れ一つで、世間に存在がバレかねない組織なのだ。オレが知っている情報秘匿のシステムは、氷山の一角と考えるのが自然だろう。

「クリーナーのオペレーターには会ったことはないが、どんな奴なんだ?」

「会わない方がいいぞ～。気弱で臆病で根暗な奴でな、ボクと目を合わせて話ができるまで1ヶ月以上かかった。お前を見た途端、ＳＡＮ値減少で発狂するんじゃないか？」

「オレはバケモノかなにかなのか？」

ふうかは快活に笑う。

両手でマグカップを持ち、顔に近づけて息を吹きかける姿は小動物のようだ。……そもそも小動物は、マグカップなんぞ持たないが。

「そういえば、スミが射撃場に来いと言っていたぞ。今月の射撃義務のノルマを終えていないらしいじゃないか」

「うげっ、完全に忘れてた」

「さっさと終わらせたらどうだ？」

「さっさと終わらないから嫌なんだよ。的に当たらないから」

射撃義務と聞いて、拳銃を撃つだけかと思っていたが、そういう訳でもないらしい。

「30発撃つだけじゃないのか？」

「なんだ、知らないのか？　点数の振られたアーチェリーの的みたいなのを狙って、10発で50点以上取らないといけないんだ。しかもそれを、毎月3セットやらないといけない」

「それで月30発か」

「そういうことだ。訂正すると、最低月30発ってわけだ」

だからオレが行った時も、女子生徒が的に当たらないと嘆いていたのか。

確かに面倒だからと適当に撃つと、そもそも義務が課せられている意味すらなくなる。とはいえ、全校生徒分の弾代はどこからきているんだろうな。予想は付くが、本当のことなど知りたくもない。

「銃の扱いなら、今度教えてやろうか？」

銃弾なんぞ銃口の先にしか飛ばないのに、なぜ当たらないのか。という言葉は飲み込んだ。

「え～、別にいいよ。なんか嫌な予感するし」

漠然とした理由で拒否されてしまった。

まあいいか。機会があれば勝手に教えるとしよう。

それにしても、とふうかを観察する。

いつ見ても不健康そのものだ。目の下にくっきりと浮かんだくまは睡眠不足、枝のように細い体は食の細さと運動不足、猫背は普段の姿勢の悪さ、もはや健康なところを探す方が難しい。

「なんだぁ～？　ジロジロと見て。……はっ！　ボクに惚(ほ)れたか？」

揶揄(からか)うような表情で見上げてくるふうかは、楽しげに嘯(うそぶ)いた。

無論冗談なのだろう。しかし「言わなくても答えは分かってる」と笑っている楽しげな相貌を、ふと崩してみたくなった。

「ああ、惚れた」

「ぶっ！」

今まさに口に含んだ珈琲を吹き出した。かからなくてよかった。

「なぜそんなに驚くんだ」

しばらく硬直していたふうかが、じろりと睨みつけてきた。

「遊びに品が無い。そんなことを続けてると、お前いつか刺されるぞ」

「それは困る。制服の防刃性能で防げるか？」

そんな冗談は無視され、ぶつぶつと文句を言いながら床を拭き始めた。

そういえば昔、オレの義姉であるダチュラが言っていた。

――あんた、そんなことばっかり言ってると将来女の子に刺されるわよ。と。

前後の会話は思い出せないが、同じような状況だった気がする。

ともあれ、ふうかを一瞬で不機嫌にしてしまったのは事実だ。今後は気をつけよう。

床を拭き終えたふうかが椅子に座り、少し気まずい空気が流れた。

とりあえず、話題を変えるか。

「で、その荷物は結局なんなんだ？」

「……あ！　そうだった！　忘れてた！」

驚くことに、一瞬で不機嫌が治り、テンションが容易く天元突破した。

目に付いたものに話題を逸らしただけとはいえ、オレも箱の中身は気になっていた。

「ふふん、気になるか？」

無い胸を張り、再び生き生きと目を輝かせるふうかが段ボールを開け始める。

「ウッヒョー！　キタキタ！」

段ボールから出てきたものに、ふうかは歓喜の声を上げる。

そしてその中から取り出したのは、プロテクターツールケース。精密機械を入れるような箱だ。

出てきた物は、闇夜（やみよ）に紛れるほど黒く塗装されたドローンだ。

「XYZ55！　しかもギリギリの積載量までバッテリーを乗せた特注品だ！」

6枚の羽を持つそのドローンは、本来山間部などの運搬用に使われるものだが、ふうかがそういう用途で使うかは正直微妙なところだろうな。

「つかぁ～！　テンション上がるな！　な！」

キラキラと目を輝かせているふうかから一歩引いた。

年相応……というよりかは趣味にのめり込んでいるといった印象だ。

「なんだその表情は。ボクに文句でもあるのか？」

「文句は無いが……楽しそうだな」

「ああ楽しいね！　こんな特注品を更に弄れるんだから尚更な！」

机に散らばっている工具の数々は、ほとんどふうかの趣味というわけか。

「壊すなよ」

「バカ言え、これでも機械弄りは得意でな。航続距離伸ばしたり、カメラの画質アップとサーマルやナイトビジョンの機能追加、全部自分でやれるんだよ」

現場で使いやすくするためにカスタマイズしているわけか。

「わざわざ自分で改造しなくても、もう少し便利な偵察機くらいあるだろう」

趣味が半分入っているとはいえ、ドローンはもともと航続距離が短い。

もし長時間の監視が必要な任務、それこそ狙撃任務の場合、何時間かに一度はバッテリーの交換は必要になるはずだ。少なくともドローン1機で回せなくなるのは目に見えている。

「いや、ボクだって本音を言えばMQ—9リーパーとか使いたいが、そもそも運用できる人間が足りないし、そんなもん上げたら作戦行動してますよって言ってるようなもんじゃないか。日本での配備例はほとんど無いし、あっても海域の監視に当てられてる。無人偵察機は日本の空で運用するには不向きなんだよ、実際」

真偽はさておき、こういう情報には詳しく無いから助かるな。

この学園の情報支援のシステムも覗(のぞ)けたし、ふうかを手伝って正解だった。

こういう情報伝達システムだと理解していれば活用しやすいからな。

さて、珈琲も飲み終えたことだし、ふうかの興味も会話からドローンに移った。

「オレはそろそろ帰る。あまり夜更かしするなよ」

「分かってるさ。2時間は寝るって」

分かってなさそうなふうかを放って部屋を出た。

そろそろ仕事をやらねばと階段に差し掛かると、屋上へと登る人影が見えた。

「あれは……」

あいつには少し聞きたいこともあるし、少し覗いていくことにしよう。

4

外はすっかり暗くなり、既に星が顔を出していた。

夏の夜の涼しい風にあたりながら、いそいそと作業をしている人物に声をかける。

「幽々子、何してるんだ」

「ほわっ⁉」

ビクッと肩を揺らして奇声を上げた幽々子は、恐る恐るこちらを振り向く。

その目は驚愕(きょうがく)を物語るように、瞳(ひとみ)が収縮していた。

「ごっしゃんしゃま⁉」

「落ち着け」

「あう、すみませんッス。ご……先輩」

オレの姿を確認した瞬間から、幽々子は落ち着きをなくしていた。そわそわと忙しなく髪を弄っている。いいかげん元に戻って欲しいが、こうなってしまった原因を知っていても、治し方が分からないことにはどうしようもない。

「いい加減、その態度は直らないのか？」

「いやぁ……難しいッスね」

本当に難しそうに、眉間に皺を寄せて唸っている。

オレの事を主と認識してしまっている、と言っていたし、何か命令すればそれを実行するのだろうか？　それとも……いや思考していても仕方ない。

せっかく2人きりの機会なのだ。この際色々と試してみることにしよう。

「命令だ、いつもの調子に戻れ」

「はい？　……あ～、う～ん、駄目ッスね」

怪訝な表情を浮かべたが、すぐに意図を察したのか効果がないことを知らせてくれる。

どうやら、命令で無理やり矯正できるものではないらしい。

では趣向を変えてみよう。

「その場で回ってワンと鳴け！」

「わんっ！　……って、何やらせるんスか⁉」

幽々子は命令の通りに、華麗にターンして高らかに鳴いた。

文句を言っているということは、意思に反して命令には反射的に従ってしまう、といったところか。それならやりようはありそうだ。

「お座り！」

「うぐっ」

すぐさまその場に座ったが、すぐに立ち上がった。

「だから！　そういうのは――」

「伏せ！」

同じく、命令は遂行してしまうが、効果は一瞬らしい。

「んっ、先輩悪ふざけは――」

「逆立ち！」

「ちょぉ！　自分スカートなんスけどッ⁉」

片手で逆立ちをし、もう片方の手ではスカートを押さえている。器用だな。

さて、次は何にしようか。

「これ以上先輩のおもちゃにはならないッス！」

刹那、何かを投げると同時に走り出した幽々子は、校舎の屋上から躊躇いなく飛び降りた。飛び降りるほど嫌だったのか。それならそうと言えばいい……いや、言う暇すら与えなかったのはオレだな。反省しよう。

ともあれ、下を確認する。

「先輩のバーカ！　ノンデリ！　変態！　もう知らないッス！　絶交ッス！」

ぷらぷらと揺れる幽々子の腰辺りから、スタティックロープが伸びている。

ビルなどで特殊部隊が屋上から室内に突入する際、ラペリングという技術で、屋上から壁伝いに目標の階層へ侵入するために使用されるロープだ。重装備をした人間がぶら下がっても耐えられるほど丈夫にできている上、伸びないのでしっかりと狙った場所に止まることができる。

それ故、スタティックロープに吊るされた幽々子が、地面スレスレで止まっているのだ。

「まるでチキンレースだな」

とりあえず、幽々子が屋上でゴソゴソしていた理由は分かった。

この時間である理由は知らんが、リハビリがてらラペリングの訓練でも、ということだろう。

しかし、遊んでいる時はロープなど付いていなかったが、現に付いているということは、ロープを投げながらラペリングの準備を終え、飛び出したということだろう。なかなか危ないことをするな。

「飛び込み降下か、懐かしいな。……オレもやってみるか」

幸い、道具に予備はあるようだしな。

ラペリングの工程は、まずハーネスを自身の腰に装着し、カラビナという開閉できる仕組みがある金属のリングをハーネスに取り付ける。

次にスタティックロープを、荷重をかけても動かない場所、支点に固定し、エイト環という数字の8のような形をしている金具に引っ掛けるようにして結ぶ。

最後にカラビナをエイト環に掛けると準備完了だ。

ハーネスの予備は無かったが、個人的に付けているベルトが軍用のものだし、耐久性は充分だろう。本来ハーネスは太ももまで固定され、衝撃を分散させるが、多分問題ない。

「摩擦でやけどしないためのグローブは……なんとかなるか」

ロープの結びをしっかりと確認し、巻いてあるエイト環に引っ掛けたロープの先端を投げて追うように飛び出した。

ほとんどブレーキもかけず、自由落下のような速度が心地いい。

「うぇ!?」

幽々子の奇声が聞こえる。

そろそろ減速しよう。急ブレーキもいいとこだがな。

体を反転させて空の方を向き、シャツの袖をグローブ代わりにして背中側のロープを下方に全力で引くことでブレーキをかけ、ピッタリと幽々子の横に止まった。

シャツの袖は、摩擦で黒く変色していた。

「お、お見事ッス、先輩」

「幽々子もな」

地面を背にして壁に立ったまま、星空を眺める。

特別綺麗な星空でもなければ、地面の教室からは光が漏れていることもあって、色々と台無しな気がしないでもない。それでも、心安らぐのはなぜだろうか。

「いい景色だな」

「そッスか？　先輩も変なこと言うッスね。壁が地面で、地面が壁なだけじゃないッスか」

「まあそう怒るな。力を抜け」

吊られているのはそれなりに気持ちいい。

流石に長時間は体に毒だろうが、身体中の血が重力に従って落ちていく感覚を味わえる。

幽々子は口許を尖らせながら、委ねるように吊られる。

「そう……ッスね。こんな風に誰かと星を眺めたのなんて、久しぶりッス」

幽々子はそっと星形のヘアピンを撫でる。

視線は星空に向かっているが、その横顔から読み取れる感情は、どこか違う景色を眺めているようだった。

「そういえば、普通に喋れてるじゃないか」

「へ？　……あれ？　ほんとッスね」

幽々子は心底不思議そうにしている。

「これ、先輩が仕組んだんスか？」

「さあな」

「……なんか、複雑な気分ッスよ」

口を尖らせてムクれる幽々子を尻目に、少し考察する。

仮定でしかないが、幽々子に施された暗示は一種の主従契約だ。

オレの言葉遊びがトリガーになったことから、無意識であっても実際に口に出してしまうと、暗示を刷り込まれた脳は契約の履行とみなし、その相手に従属してしまうことは確認できた。

くだらない命令でも、主人の命令を遂行してしまう。正しいことだと誤認する。

それが暗示なのだが、幽々子にかけられたものは行動を命令できても、思考まで動かすことができないらしい。それは最初の命令で分かったルールだ。

だから幽々子に引かれない程度に、されど反発されるような命令を、立て続けに出した。

脳が拒否を示すと、暗示は従順と拒否という矛盾した思考の波に飲まれ、バグを起こした。

幽々子が元の話し方に戻ったのは、バグが起きている間の束の間の猶予かもしれない。

「しかし、不安定で不確実な脆い暗示だな」

「実際、昔から伝わる洗脳方法ッスから、現代のものと比べると劣るッスよ」

それでも、幽々子自身はまだ暗示から抜け出せていないはずだ。

幼い頃からかけ続けられたであろう洗脳は、そう簡単には解けやしない。

従った方が楽になるという思考が芽生え、いつしか命令に対して考えるのをやめてしまう。

そんなふうになるまでの暴力は、日常茶飯事だったのだろう。

焦っても仕方のないことだというのは分かっているが、猶予は意外と短いのかもしれない。

「ま、自分今が楽しいんで、昔のことなんてどうでもいいんスけどね！」

「急にどうした？」

「なんでもないッスよ」

幽々子は悩みなど無さそうな笑みを浮かべた。

悩みがないわけは無い。ただ、深刻に悩んでいるわけでも無いのだろう。

「そうか、それは何よりだ」

しかし、いつかは根元を断たなければならない。

必要なのはその根源と対峙（たいじ）し、己（おのれ）の殻を破ること。それが一番重要なことだ。

「なんか先輩が優しいッス！　怖いッス！」

わざとらしく、されど嬉（うれ）しそうに、幽々子が大袈裟にリアクションを取った時、上階の窓が勢いよく開いた。

「コラー！　こんな所でラペリングなんかしちゃダメでしょー！」

担任教師の海老名詩織が窓から顔を覗かせ、今にも落ちそうになりながら注意してきた。

もう夜も遅いし、捕まれば夜更かしは確定だ。仕方ない。

「逃げるか」

「ッスね！」

慣れた手つきでロープを外し、即座に撤退した。

しばらくの間、後方からは詩織の説教が響き渡っていた。

Le prix de la survie. ——生還の代償——

翌日の昼頃のことだった。

「防衛省に行く。すぐに支度しろ」

そう言ったマスター、葉隠狐に連れられ、市ケ谷の防衛省に足を運んだ。

オレは学生服ではなく、ボディガード時代にも使っていたスーツを身につけている。

「で、今日は何をしにこんな所へ？」

「早い話が呼び出しだ。無視しても良かったが、奴とは腐れ縁だからな」

そういうことか。マスターが防衛省にまで足を運んだ理由、そして腐れ縁だという人物。

恐らく防衛大臣が相手であっても、招集命令には応じないであろうマスターが、わざわざ会いに来るような相手は1人しか思いつかない。

「ここだ」

応接室の前で止まり、ノックをする。

返事はなかったが、マスターは躊躇うことなく扉を開けた。

「久しいな、芹水仙」

「葉隠狐、相変わらずの無愛想だな。男が寄ってこないんじゃないか？」

部屋の調度品でも見ていたのか、立っていた人影が振り返る。

自衛隊の隊服に身を包んだ、ショートボブの女性。目付きは鋭いが、温和な表情を崩さないため、いくらか優しさを感じさせる。

身長はマスターと同じくらいだが、鍛えているからか、その圧からか、芹水仙の方が大きく見えてしまう。

「で、坊ちゃんも相変わらずだな。まだ親狐にくっついて回っているのか？」

芹水仙はいつもこうしてからかってくる。その真意など知りたくもないが、どうせ碌なことじゃない。そしてオレのことを「坊ちゃん」と言うということは、まだ暗示が解けたことを知らないのだろう。

昔、その呼び方をやめろと言うと、笑いながら、

「自分でまともに物事を判断できない子供を、坊ちゃんと呼んで何が悪い」

と言われた。

それは裏を返せば、一人前扱いされたいなら暗示を解けと言うことだったのだろう。

ようやく呼び方を改められる。そう思っていると。

「ああ、困ったことにな」

オレが否定を入れる前に、マスターはオレがまだ子供であることを肯定した。

「体ばっかりデカくなったわけか。いい加減に大人になりなさい」

芹水仙の言葉を無視し、マスターの意図を測りかねていると、マスターは「おや？」とわざとらしく話を変えた。

「失礼、昇進したのか、1等陸佐」

最初から気づいていたはずなのに、今更階級の話を始める。

急な話題の転換だったが、芹水仙はオレにはもう興味がないと言わんばかりに椅子に座った。

「お前が抜けたせいで、私も今や隊長だ、面倒ったらない」

「癖の強い奴らをまとめるのは骨が折れるだろう？　私の苦労が少しは身に染みたか？」

何気ない、同じ苦労を分かち合った戦友同士の談笑。

オレは会話を聞きながら、改めて芹水仙という女性を観察する。

座っているというのに、全く隙がない。ありえない仮定だが、もしこの女が殺し屋で、マスターを殺そうとした場合、オレは守り切れるだろうか？　と考える。

「……無理だな」

2人には聞こえないようにボソッと口にする。

芹水仙が本気になった場合、その初撃を止められるかが五分。初撃を止めたとして、真っ向勝負になると再び不利になる。今のオレには勝てるビジョンが浮かばない。オレが芹水仙を殺すとしたら、接近戦ではなく確実に狙撃を選ぶだろう。

「そう殺気を撒き散らさないで、とって食ったりしないから」

「ちょっとした考え事だ。殺気を撒き散らした覚えはない」

「自覚無し。もはや病気ね」

芹水仙に睨まれるだけで、肌にヒリつく感覚がある。

無意識のうちに殺気を放っていてもおかしくはないか。

「さて、私も暇じゃないんだ。さっさと仕事の話をしたまえ」

「せっかちは変わらないな。ま、今に始まった話じゃないか」

芹水仙は1枚の写真を机に投げた。

　証明写真とは違う、日常の一部を切り抜いたかのような写真に写っているのは、20代後半くらいで、吊り目気味な金髪の女性だった。自衛隊の制服を着ていることから、自衛隊員で間違いないだろう。

「仕事内容は、特殊作戦群スナイパー、川崎ミカエラの抹殺だ」

「なんだと？　ミカエラの？」

陸上自衛隊の特殊部隊、特殊作戦群。略称は【特戦群】や【S】と呼ばれている。

　その特殊部隊に所属している狙撃手の抹殺という、いわば味方殺しである本来あり得ない仕事内容に、珍しくマスターが驚いた声を発した。

「経緯を説明しろ」

「……もうお前は上官では無いんだが、まあいい。お前たちが終わらせたイラクでのテロで、私たちは人質を救出した後、フィンランドへ飛び、ある作戦行動を取っていた」

テロ鎮圧作戦は、海兵隊に潜入していたイエローアイリスの工作によって、3週間も遅延されていたが、人質はテロが始まってから3日で解放されていたらしい。

つまり、オレとマスターが現場に入った時には、既にイラクを離れ、フィンランドで極秘の作戦とやらを行っていたわけか。

「作戦の内容は?」

「機密事項だ、教える訳がないだろう。それに、内容自体は関係ないと思っている」

質問は一蹴された。当然だが、話の腰を折ったついでにもう一つ質問しておこう。

「抹殺の理由は、作戦時の命令違反か?」

「いや、むしろ命令を遂行したからこそ、奴の思想にヒビが入ったんじゃないか? 本来、その程度で揺らぐような奴が入隊できる部隊ではないが、人間誰しも、どこかしら地雷があるということだ」

人によるが、踏んではならない地雷があるというのはよく分かる。

昨日、実際に青葉の地雷を踏んだらしいからな。

「……話が逸れたが、ともかく作戦後に休暇を取ると言って姿を眩ませた。今のところ、海外への渡航記録は公式にも非公式にも無く、都内に潜伏中だ。やり方は任せる。確実に始末しろ」

「異論を挟むわけではないが、捕縛ではなく、殺す理由はなんだ？　お前の部下だろう？」

一度はぐらかされた問いをもう一度すると、芹水仙は一瞬だけオレを視界に入れ、溜息と一緒に理由を溢した。

「イエローアイリスとの接触が、確認された」

意外な答えだったが、納得せざるを得なかった。

「理解した」

接触がミカエラからなのか、イエローアイリスからなのか、はたまた偶然なのか。そんなことはどうでもいい。ミカエラにその気があろうがなかろうが、取り込まれる可能性は高い。教導員でも実働員でも、特戦群の人間がイエローアイリスに取り込まれるなら、戦力が強化されるのは明白。テロリストを強化してしまうくらいなら、殺してしまった方がいいということだ。

今回の仕事は、イエローアイリスの壊滅を目指すオレとマスターにとって、必ず遂行せねばならない仕事になったわけだ。

「やる気が出てきたようだな」

「ああ、仕事を請けよう。そもそもオレに拒否権があったとは思わんがな」

やるからには手早く終わらせよう。

ひとまず何か手掛かりはないかと、写真をもう一度よく観察する。

特戦群の人間は何人か会った事があるが、写真の女性、川崎ミカエラは見た覚えがない。マスターは知っているようだし、最近入隊した人間ではなさそうだ。

「お前とは直接の面識はないだろうが、そいつは優秀なスナイパーだよ」

写真に目を落としていると、マスターからやたらと含みを得た紹介をされ、一つだけ思い当たるシチュエーションがあることに気がついた。

「まさか……昔、船の上でオレが持つ銃を狙撃した奴か？」

「その通りだ」

それは、マスターと出会う前の……いや、正確には初めて出会った時の記憶だ。

オレにとっての、イエローアイリスでの最後の任務。

簡単な、輸送船の護衛任務のはずが、どこかから情報が漏れ、特戦群が乗り込んできた。

その時、初めて出会ったマスターに向けた銃を、別の船から狙撃されたのだ。

高波をものともせず、揺れる船の上から別の揺れる船の上へ射撃し、小さな銃にピンポイントで当てられる手腕。狙っていることを悟らせない気配の無さ。

そんな狙撃手が相手なら、この仕事は一筋縄ではいかないだろう。

「スナイパーってのはどうも厄介だな。気配を察知されて近づけないし、勘も働く。特戦群にあいつ以上の優秀なスナイパーがいない以上、捕まえられないわけだ」

特戦群が表立って動くことはできないし、警察を動員しようにも訓練を積んでいない警官たちでは人海戦術になりかねない。結局何か事件があったと騒がれるだろう。

「そこで、オレに白羽の矢が立ったと」

「御名答」

潜伏した狙撃手を見つけられるとすれば、同じ狙撃手が最も有力だろう。

しかし、本気で潜伏した狙撃手を、手がかりも無しに見つけるのは不可能。

仮に居場所が分かったとして、何週間も狙撃待機しなければならなくなる可能性は充分にあるし、昼に人通りの多い場所を出歩かれたら狙撃などできない。

少なくとも、体面を気にしすぎて人を動かせないこの国では。

「話は終わりだな。羽黒潤(はぐろじゅん)、帰って準備しろ」

「待て。狐、こいつに命令しろ」

腰を上げかけたマスターに、待ったをかけた芹水仙の圧が増した。

周囲の空気が重苦しい空気に変わり、足に粘性の液体が纏(まと)わりつくように重くなった。

「……疑っているのか？　私が川崎ミカエラを助けるかもしれないと」

「いや？　裏切り者に対して、お前はそんなに優しくないだろ。まして相手はイエローアイリスだ。これは保険だよ。狐の命令なら、坊ちゃんはどんなことだろうとやり通すだろ？」

マスターはやれやれと頭をふり、オレに命令した。

「命令だ。羽黒潤、どんな手を使ってでも、川崎ミカエラを必ず抹殺しろ」

「ああ、分かった」

断る理由もないため即答した。

命令を受けると、芹水仙の圧は鳴りを潜めた。

「潜伏場所の当たりはついているのか？」

「正直なところ、大雑把にしか分からないっていうのが現実でね」

芹水仙はタブレットを操作し、寄越してくる。

そこには報告書と思われるデータが入っており、地図には一つのピンと、やたらと広い範囲の円が映っている。円の範囲内にいる、ということだろう。

「本当に大雑把だな」

「恥ずかしい話、ドローンと監視カメラの追跡で割り出せたのがここまでだ。下手に人員を投入すると、こちらの動きがバレかねないからな」

頭を押さえて溜息を吐く様は、少しマスターと似ていた。

そんな芹水仙から視線を外し、川崎ミカエラという人物について思考する。

恐らく川崎ミカエラという女性は、特戦群内でもトップクラスの狙撃手なのだろう。

写真の印象からは気難しさは感じられない。明るい性格、狙撃の腕、命令には忠実、マスターからも信頼を得ていたはずだ。

そんな人物がなぜ、全てを裏切るようなことをしたのか。

川崎ミカエラを、そんな愚行に駆り立てた思想の原点は何か。

何にせよ、敵の情報は必要だ。

「渡せる範囲で構わないが、川崎ミカエラの作戦時か、訓練時の行動が分かるものが欲しい。できれば動画がいいが、贅沢は言わない」

「必要なら渡すが、何に使うんだ？」

「標的の行動を読み切るには、そいつの思考、傾向、癖、好き嫌いなど、ありとあらゆる情報が必要だ。性格分析の精度が上がり、何時、どこで、誰と、どんなことを企むかと、色々と分かる事が増えてくる。すると、狙撃待機の場所も分かってくる」

　できれば、川崎ミカエラが暮らしていた部屋やその周辺も見たいが、計画的な裏切りであるならば、何も残っていないと考えるのが妥当だろうな。

　むしろ攪乱のために、意味のないものを置いている可能性すらある。

　ひとまず、芹水仙からもらえる情報に限定して分析していくとしよう。

「情報さえあれば、後はこちらでなんとかしよう」

「期待しすぎず期待しているよ、坊ちゃん」

　そう言い残し、退室しようとする芹水仙に、マスターが待ったを掛けた。

「言わなくても分かってるとは思うが、こちらの負担が大きいな」

「……ああ、あの時の貸しはこれでチャラといこう」

「当然だな」

マスターと芹水仙の間に何らか密約があるらしいが、これには触れない方がいいだろうな。

1

学園に戻ってきたオレは、自室で芹水仙からもらった資料に目を通した後、工房へと向かった。

狙撃待機のために、色々と用意するものがあるからだ。

「……仕事やな」

工房の入り口でオレを呼び止めた大柄の男、佐伯充造（さえきじゅうぞう）は、タバコの匂（にお）いを纏（まと）わせていた。

しかし、仕事だとよく気づいたな。

「ああ、オレの【ＰＧＭ．３３８】を用意しておいてくれ」

「行くのはお前だけか？」

「大人数で行くわけにはいかない相手だからな。狙撃だけでさっさと片をつける」

「分かった、すぐに準備する」

充造はガンラックを開けてＰＧＭ．３３８を取り出し、作業机の上にバイポットを立ててそっと置く。手早く動作を確認し、軽く清掃まで終わらせた。

一切無駄のない動きだ。さすがは職人といったところか。

「サイドアームは？」

「ナイフくらいは持って行くが、ハンドガンは要らん。どうせ射程距離には入らない」

「分かった、ナイフやな」

充造はコンバットナイフを手に取り、刃こぼれや錆の有無を確認していく。

ナイフは急所を突くか、骨まで届かないような部位しか切らないから、多少の刃こぼれは気にしないんだがな。敵の骨ごとぶった斬るような戦い方をするなら別なんだろうが。

「お？　潤サン。……仕事か？」

何の気なしに作業を見ていると、衣吹が工房にやってきた。

しかし、充造もそうだったが、なぜオレが仕事の準備をしていると分かるのだろうか。

「どした？」

「いや、よく仕事だと分かったな」

衣吹はパチクリと目を開き、瞬きをした。

そして、何を当然のことを、と言わんばかりに口を開く。

「……だって、目が違ぇじゃん」

「目？」

「ん～、なんつーか、普段の潤サンは落ち着いてるけど、仕事の時は目が吊り上がってギラギラしてんだよ。んで、あ、これ仕事モードだなって思った」

衣吹の野生の勘みたいなものだろうか。

「そんなことに気づくのは衣吹くらいだろう」

「どーだろうなぁ。あーし以外も、見れば分かるって言いそうだけどな」

……そんなに顔に出やすいのだろうか。

オレとしては仕事だろうが、訓練だろうが、学園生活だろうが、いつも同じつもりだが、他人から見れば違うらしい。今度、青葉や幽々子(ゆゆこ)にも訊(き)いてみよう。

「で、仕事だろ？　全員部屋に呼ぶか？」

「いや、今回は狙撃だけだ。そもそも、お前は療養中だろ。連れて行かないぞ」

「……そう言うと思ったよ。ま、ここにきたのもリハビリ目的だしな」

衣吹は手で銃の形を作りながら向けてくる。

入院中は撃つことができなかった銃を撃ちに来たようだ。

「怪我(けが)に響かないか？」

「オックス撃つ訳じゃねぇし、軽く撃つ分には問題無ぇだろ」

衣吹の銃、オックスこと【トーラスレイジングブル　M５００】は50口径のリボルバーだ。

簡単に言えば銃弾が大きい。銃弾が大きいということは弾頭も薬莢(やっきょう)も大きく、発射用の火薬の量も多くなり、当然撃った時の衝撃も大きくなる。

病み上がりに撃つのは流石に危険な銃だ。

しかし、1ヶ月まともに銃を撃ってないなら、腕も鈍る。

最悪オックスを撃たなくても、弾を抜いて握るだけでもいいし、別の銃を撃って弾道の勘を取り戻すのもいいだろう。どちらにせよ、なるべく仕事道具を握った方がいいのは確かだ。

「おっさんの【P226】あんだろ？　あれ貸してくれ」

「俺のはスミが持ってった」

「はあ？　また分解して中身見てんのか？　何回見ても変わんねぇだろ」

「目を養うのも、鉄砲鍛冶には必要なことやからな」

衣吹は心底分からないと、訓練用の銃を物色し始めた。

とりあえず銃を撃ち、慣らすことにしたのだろう。

「お前には一生分からんやろな。ショーケースのトランペットを眺める少年の心境は」

「なんだそれ？」

今まで衣吹は、その性格と仕事内容から、他人の仕事を観るということがなかったはずだ。

どこまでも個人プレー。どこまでも実践主義だったのだと思う。少し前までは。

「衣吹、お前だってオレのことを四六時中見てるだろう。それと一緒だ」

「……ああ！　それなら、なんとなく分かる。なるほど、あれと一緒か」

仕事を観るというよりかは、普段の立ち振る舞いを観察していたのだろう。

目的はもちろんオレを倒すためだろうが、そういう目的を持って強くなる奴もいるから放置している。そもそも衣吹に限らず、オレに向けられた視線は日常的にそこかしこにある。

「ほう、実戦派の脳筋だと思ってた小娘が意外やな。案外スミにおけねぇ」

「何～？　呼んだ～？」

「呼んでへんわ！」

スミに置けない。の〝スミ〟に反応したのか。スマホのＡＩアシスタントみたいだな。

工房の奥から戻ってきたスミが、ハンドガン用のガンケースを丁寧に仕舞う。

「ふぅ、堪能しました」

肌が艶々としていて、額には少し汗が浮かんでいる。

衣吹と充造の会話を察するに、充造がカスタムした銃を観察していたと思うのだが、汗をかくような作業なのだろうか。

「で、何？　……ああ、仕事ね」

オレの顔を一瞥すると、納得して装備の点検を始めた。

一体何なんだ、こいつらの妙な特殊能力は。

「ほら、あーしじゃなくても見れば分かるんだって」

内心を察したのか、衣吹が背中を叩いて励ましてくる。

いや、これは励ましているのではなく、煽ってるだけだな。

「……射撃訓練に来たんじゃないのか？　早く行け」

「あんま気にすんなって！　誰にでも得手不得手はあるんだぜ」

射撃訓練に行くことを促しても、全く無視して笑みを崩さない。鬱陶しい。

もうどうもできないかと、煽ってくる衣吹から視線を逸らす。

「あ、フィクサー……仕事ですか」

視線を逸らした先には、ちょうど工房にやってきた青葉がいた。

そしてやはりというか、仕事だと分かるようだ。

鏡を見てもいつもの自分があるだけなのだが、本当に不思議だな。

ちなみに、銃を物色し始めた衣吹も「ほら見ろ」と言わんばかりの顔を向けている。

「フィクサー？　どうかしましたか？」

「なんでもない。青葉の予測通り、仕事だ。長ければ数日留守にする」

「長ければ……？　狙撃待機ですか？」

「そうだ」

肯定するや否や、青葉は急いで工房を出ていこうとした。

その行動を疑問に思い、呼び止めるとキョトンとした表情で言った。

「はい？　狙撃待機の準備ですが……？」

ああ、そういうことか。そういえば、1人で行くとは言ってなかったな。

「必要ない。今回はオレ1人で行く」

「……え？」

驚いたように……と言うか、動揺が見て取れる表情だ。

瞳（ひとみ）は収縮し、胸の前で拳（こぶし）を握っている。そして少しずつ、呼吸が荒くなっていく。

何かおかしなことを言っただろうか。思い返してみても、特におかしい点は無い。

「い、一応、理由を訊いてもいいですか？」

緊張しながら尋ねてきた青葉の感情が分からない。

この状態を様子がおかしいの一言で片付けてしまうのは、やってはならないことのような気がする。ただの勘だが、言葉は慎重に選んだ方が良さそうだ。

「今回は実働A班ではなく、オレが個人的に請けた仕事だからだ」

青葉を連れていけないという訳ではないが、待機して、出てきたら撃つ。それだけの仕事なので、必要ないというだけだ。

「私も……私も、連れていってください！」

いつになく必死に、声を荒らげた。

青葉らしくないな。揶揄（からか）われた時なら分かるが、平常時の青葉がこんなに鬼気迫る表情をしたことは、オレの知る限り無かった。知らないうちにまた地雷を踏んでしまったのだろうか？

「私だって狙撃手です。お願いします、連れていってください」

連れていく理由が無いのと同じくらい、連れていかない理由も無いわけだが、どうするか。

そもそも今回は1発の弾丸で終わる仕事だから、1人でやる方が手っ取り早い。

……いや、全部自分1人でやろうとするのは、オレも自覚する悪い癖だ。

何より、青葉に意欲があるならやらせてやるべきだろう。

「……いいだろう、付いてこい」

「はい、ありがとうございます」

チラと充造に視線を送ると、無言で頷(うなず)いた。

「スミ！ ライフル優先で作業しろ」

「はいはい。全く、人使いが荒いジジイだわ」

充造に呼ばれたスミが、ぶつぶつと文句を言いながらも作業を開始した。

青葉のライフル【MSG90】をガンラックから取り出し、点検と整備、清掃まで行う。

「そう時間はかからねぇが、すぐ出んのか？」

「ああ、狙撃ポイントの選定はすでに済んでいるからな」

「なら、車を回してこい。整備はすぐ終わる。ブリーフィングは車内でやれるやろ」

「そうさせてもらおう」

車の鍵(かぎ)を受け取り、ポケットに押し込む。

「青葉、他の物資の準備を頼む」

「分かりました」

車を取りに行くために工房から出る。

「んじゃ、いってら～。あーしは……これでいいや」

衣吹は学生の訓練用のハンドガンを掴み、そのまま射撃場へ行った。

誰も彼も、自分の役割に没頭する。

この空間に一種の心地良さすら覚えながら、ふうかに電話した。

コール中に、ふと思ったことがある。

ギラついているらしい目を見られなければ、仕事だと伝わらないいんじゃないかと。

『もしもし、仕事か？』

もはや、目とか関係なかったようだ。

仕事だと確信しているようなふうかの声色に「なぜ」と訊きそうになったが寸でのところで抑えて肯定し、概要をざっくり説明した。

2

騒がしい街が一層騒がしくなる夕方ごろ。

とある商業ビルの倉庫のような小さな部屋の一室に、ギターケースを持った男女が一組。

オレと青葉だ。

人気のない場所や時間帯ではないため、ガンケースを持ち歩くわけにもいかず、用意されたのが内側の形状が特殊な、このギターケースというわけだ。

どこからどう見ても、学校帰りのバンドマンにしか見えなかったことだろう。

「ギターケース、似合いませんね」

「だから街中で視線を集めていたのか」

「はあ？　私に聞かれても知りませんが」

なぜか機嫌の悪い青葉のことはさておき、準備を始める。

手頃な机を窓際に寄せ、机の上に寝そべることができるスペースを作る。

弾道に影響が出ないように銃口の分だけ窓を開け、外から見られることを防ぐために部屋のカーテンを閉める。当然、スコープの視界に必要な分は確保している。

最後にギターケースを開ける。そこから取り出したのは楽器などではなく、ライフルだ。

「準備完了」

「同じく、準備完了です」

『聞こえるか～？　バンドマン2人組』

「感度良好、問題ない」

『バンドマン否定しないなら、コールサインは【ギター】と【ベース】にでもするか?』

「ふざけてないで監視してください」

『お～こわ。はいはい、ドラム担当は街頭カメラのハッキングでもしておきますよっと』

もはや何が言いたいのか分からないやりとりを聞き流しながら、体勢を作る。

待機時間にもよるが、待機し続けているとやがて体が固まってきたりする。

それを防ぐための体勢作りは、欠かしてはならない行為だ。

あとはひたすら待つだけだ。狙撃手の仕事の中で一番多い、待つ時間。

いつもなら1人でただジッと待つだけだが、今回は青葉もいるし、話し相手には事欠かない。

退屈はしないで済みそうだ。

狙撃のための土台ができたところで、車で簡単に行ったブリーフィングの再確認を行う。

「作戦の再確認だ」

「はい」

「まず役割だが、オレが観測手(スポッター)、青葉が射手(シューター)だ」

狙撃任務は、本来ツーマンセル、もしくはスリーマンセルで行われる。射手の仕事は言わずもがな標的を撃つのが役割、そして観測手の仕事は狙撃の補佐が役割だ。

もっと詳しく言えば、狙撃に関する情報の観測。標的までの距離、角度、風速、天気など諸々(もろもろ)の狙撃に影響が出る要素を観測する。本来はスポッタースコープで観測し、レーザー距離計を使ったりして、狙撃条件のデータを取る。

まあ、道具がなくても、対象との距離を測るくらい狙撃手なら造作もないことだ。

ちなみに観測手の役割として、狙撃手の護衛をしたりもする。今回は必要ないと思うが。

「異論ありません。あなたはベテランですからね」

「あとは出てくるまで待機。以上だ」

「作戦も何も無いですね。急に心配になってきました」

車内で言った時はもう少し詳しく説明したが、要約すると待機して撃つだけだからな。

青葉もそれを理解している上での軽口だ。

「しかし、本当にこの周辺に潜伏しているのでしょうか？」

「標的の情報と、監視カメラの情報を照らし合わせたんだ。ほぼ間違いないだろう」

資料を見て確信した、川崎ミカエラの潜伏の癖。そこから滲(にじ)み出る論理。

戦友である芹水仙からもたらされた情報の数々は、川崎ミカエラという狙撃手の思考を丸裸にするのに充分すぎるものだった。と言っても、チャンスは一回きりだが。

「建物の死角が多いですが、手分けした方が良かったのでは？」

真っ当な意見だが、今回は却下だ。

偶然とはいえ、青葉が付いてくることになったからには、不調の原因を少しでも摑まなければならないと思っている。

「分散は必要ない」

「この位置で、２人で固まる理由はなんですか？」

「精査した情報と経験と勘だ。不服か？」

「そんな不確定な……いえ、あなたが言うなら従います」

実力を認めてくれるのは嬉しいが、どこか自虐的に聞こえてくる従い方だ。

自分を卑下するような言動は、最近の不調と何か関係があるのだろうか。

『ドローンは配置についた。街頭カメラもハッキング済みだ』

「クリーナーはどうだ？」

『……今聞いた。いつでも対応可能だとさ』

「了解した。現れるまで気を緩めても構わないと伝えておいてくれ」

『らじゃ』

これで全ての準備は完了した。あとはただひたすら待つだけだ。

隣を見ると、青葉が深呼吸をして、スコープを覗いている。

その表情は固く、緊張しているのが見て取れる。

「青葉は、狙撃待機の経験はあるか？」

緊張をほぐすのも兼ねて、ふと気になったので声をかけた。

探るような表情でこちらを見たが、すぐにスコープに顔を戻しながら答える。

「訓練ですが、何度かはあります。何か問題でも？」

訓練だけなら、アレはきついか。

「いいや、問題はないが……そうだな、トイレに行くのは許可してやる」

「……は？」

本当に意味が分からない、といった表情だ。

「きょ、許可も何も、当然のことじゃないですか」

「離席した瞬間に標的がくることなどザラだからな。とりあえずオレが見張っていれば任務失敗はないだろう。安心していい」

ちっとも安心していないと分かるほどの、ジトッとした目で睨まれる。

「フィクサーも、トイレには行きます……よね？」

「必要ない」

「は？」

「必要ない」

イエローアイリス時代は狙撃待機の時、所構わず垂れ流していたからな。

それこそちょっとトイレに、とライフルから離れた瞬間に標的が通り過ぎることもあった。

狙撃待機の数と同じくらい苦い経験もしてきたわけで、マスターのボディガードになる少し前から、長時間の待機が予想される時は大人用のオムツを履くようになった。

「いやいや、無理です。流石に、それは、無理です」

「なんださっきから」

青葉は断固納得しない。顔は少し青ざめていて、必死さが伝わってくる。

確かに慣れれば苦ではないが、慣れるまではキツイか……？

「今は2人いるのですから、交互に行くとかでいいのでは⁉」

「……それもそうだが」

「そもそも秘匿組織ですよ⁉　痕跡を残す訳にはいかないので、絶対にはトイレに行ってください。……こんなこと言うのは本当に嫌なんで、以後無いようにお願いしますね！」

「それはそうだな。気をつけよう」

これは本当に頭から抜けていた。

今までは単独の狙撃待機しかやったことがなかったが故に、固定観念を作ってしまっていたらしい。狙撃する時、ほんの少し離席すると、なぜかそのタイミングで標的が現れることが多々あるのだ。

それを防ぐために、長時間の狙撃待機の場合はオムツを着用することが多かったが、この備えは1人で任務を遂行するための備えである。

そして、青葉の言う通り今は秘匿組織に身を置いているのだ。

ここなら匂いで軍用犬に追跡されないから、などという思考がそもそも間違っていたらしい。

「色々と目から鱗だった」

「人としての尊厳の話でもあるのですが……」

まさか尊厳を疑われるとは思わなんだ。

ただ、少しくらいは緊張が解けたようで何よりだ。

「とにかく理解した。ただ、オレが離席中に標的が現れることも考えられる。その時は……」

「分かっています。命令を待ちます」

「それでいい」

今の青葉が、不安定な状態であることに変わりはない。

この任務で自信を取り戻せるならそれでいいし、取り戻せなくてもそれはそれでなんとかする。一番の問題は先走って失敗されることだ。オレの命令であれば問題はないが、そうでないならオレが責任を負うことができなくなる。

今回のことは記録にも残っているし、青葉の逃げ道がなくなるのは避けたい。

責任に関しては、そこまで心配することでもないとは思うが念のためだ。

「喋りすぎたな。少し集中するか」

「はい」

オレと青葉はスコープを覗きながら、時が来るのをじっと待ち始めた。

数時間が経ち、日もすっかり落ち切った深夜。

「あの」

「なんだ」

青葉が不機嫌そうに話しかけてくる。

「今更ですが、今回の標的は何をした人なのでしょう」

「車内で話したが、聞いてなかったのか?」

「写真はもらいましたが、詳しいことは特に……」

珍しいな。青葉が標的の罪を聞いてくるのは。

何か思うところがあるのかもしれないが、詳しくは知らないし、知る必要もない。

そう答えようとしたが、そのまま答えるのはあまりに不親切だと直前で気づいた。

「詳しい経緯は知らない。ただ、自衛隊に身を置きながら、テロリストとの接触が確認されているため、始末しろと標的の上司が言ってきた」

「……テロリスト、ですか?」

この質問も、青葉の考えすぎの一環なのだろうか。

相手のことを考えすぎてドツボにハマるタイプではないと思っていたが、1ヶ月前死にかけたこともあって、心境に変化でもあったのだろうか。

「標的がどんな人物かなどどうでもいいことだ。考えすぎるな。敵を想像することは油断も恐怖も生む。マイナスでしかない」

「想像なんて……していません」

「ならいい。仕事に集中しろ」

しかし、傍(はた)から見ても今の青葉には落ち着きがない。

しきりに周囲を警戒するし、時折体を強張(こわば)らせている。

「今は見られているような気配は無いから落ちつけ」

もちろん絶対ではないが、青葉を落ち着かせるために絶対の自信を纏わせて発言する。

「……はい、すみません」

「もし、狙撃体勢が辛(つら)いのならストレッチでもしたらどうだ」

「……すみません。少しだけ失礼します」

青葉は素直に机から降りて、ストレッチを始めた。

オレは「すみません」という言葉の汎用性を考えながら、意識をさらに集中させた。

「フィクサーは、殺した標的がもしも善人だったら、どうしますか?」

突然そんなことを訊いてきた。

反対方向を向いていて表情は見えないが、どうせいつものように無表情なのだろう。

「その問いに、意味はあるのか?」

「はい、あります」

そこまではっきり言い切るなら、と少し逡巡し、オレが殺してきた標的のことを思い出す。

泣き、喚き、命乞い、怒り、恐怖する。死の間際に反撃してきた者もいた。

イエローアイリスのしてきたことを考えると、被害者の中に青葉の言う善人もいただろう。

自分を正当化するつもりはないが、オレは生きるために殺してきた。善悪の区別無く。

何を持って善とするのか、何を持って悪とするのか、結局は人次第だ。

悪人と悪人の正義の押し付け合い。これが戦闘であり、戦争なのだから。

「善と悪について考えたことはあまりないが、やっぱりオレは標的を殺すことを何とも思わない。相手がどんな人間だったかなど、結局どうでもいいことだ」

「……やっぱりあなたは、人の気持ちなど考えていないんですね」

「他人のことを考えすぎるせいで、味方が死ぬことだってある。肝に命じておけ」

「……ッ！　それは、そうですが」

少し言葉が強くなってしまった。

過去を抉られたようで心に波が立った。

それは昔のオレにとって、最初で最後の迷いでもあったのだから。

3

工房で「必要ない」と言われた時、私は全身が麻痺した。

私の内心を見透かされたような気がして。

私はもう、人を撃てないかもしれないと知られた気がして。

しばらくの間、私たちの間に会話はなかった。

集中するという必要不可欠な行為を理由に、この人と話すのを避けた……のだと思う。

他人のことを考えすぎるせいで、味方が死ぬことだってある。その言葉には、確かにフィクサーの感情がこもっていた。経験談なのだろうか。

時折、すごく遠くにいるはずのこの人が、すごく近くにいるような錯覚に陥って戸惑うことがある。私は今も、フィクサーとの距離を測りきれずにいた。

「数学なら得意なのですが」

「何か言ったか？」

「いえ、何も」

狙撃は数学だ。でも、感情が入ると、狙撃は途端に数学だけでは計れなくなる。

感情とはとても厄介だ。興奮や恐怖という変化だけで、狙撃が失敗しかねないほどに。

いっそ自分が機械のようだったらと、最近よく思う。

……今回だけは、本当に機械だったらと、本気で思っている。

ハッとして、思考を切る。願望も悪影響だ。

「千宮（せんのみや）さん、そっちはどうですか？」

余計なことを考えないように、会話をすることにした。

彼女なら、くだらないことを言って思考を転換させてくれると思ったからだ。

『んぐんぐ、あ？　特に動きはないいな。平和なくらいだ』

腹が立つほどに想像通りだった。

何か食べてましたね。仕事をちゃんとしてるなら別に良いんですけど。

『そういえばさっき面白（おもしろ）いことがあったぞ。聞くか？』

どうせ下らないことでしょうが、気分転換くらいにはなるでしょうから。

「一応聞いておきます」

『さっきな、車の中で男女の営みを――動いた！』

「いえ、生々しい実況ならしなくてい――」

『――違う！　奴だ！　ターゲットだ！』

ドクン、と知覚できるほどに心臓が跳ねた。

気分転換になると思って聞いた、想像通りの下らない話から一転、緊張が走る。

むしろその落差によって、動揺が大きくなってしまった。

「青葉、構えろ」

「……ッ！　分かっています！」

即座にプローンの体勢になり、スコープを覗く。

未だ射界には入っていない。

1秒、2秒、と待てども姿は見えない。

『現在通りを北上中。間違いない、狙撃ポイントドンピシャだ！』

「まさか1日目で来るなんて……」

幸運と同時に、フィクサーのことを恐ろしく思う。

この人は今まで何を経験してきて、どこまで未来が見えているのだろうか。

「妙だな」

しかし、フィクサーと私の感じ方は違っていたらしい。

「標的は、十中八九狙撃手が近くにいることを予測しているだろう」

「なぜ言い切れるんですか？」

「オレも奴も、狙撃手だからだ。しかも奴は、危機回避の感覚器官が優れている。……潜伏している狙撃手を釣りに来たか。当たらない自信があるのか、撃たせない自信があるのかは知らないが、命懸けの賭けだろうな」

「では撤退しますか？　潜伏場所が割れただけでも情報収集としては上出来なはずです」

……あれ？　待って、もしかして今、私は安心した？

撃たなくて済むかもって、声が弾んだ⁉

歯を食いしばる。血の気が抜けていくのを感じながら、拳を強く握る。

何で、何で、何でッ！

「いや、狙撃する」

「なっ」

私の悔恨を、その一言でさらに掻き乱す。

なんで、だってさっき、相手の釣りを見抜いて……。

「釣りであろうと何であろうと、こちらが正常である以上、当てれば終わりだ。これはチャンスであり、どちらが我を押し通せるかの勝負。ここで引くのは奴の思う壺だ」

脳が、心が、ぐちゃぐちゃに溶けていく。

動悸が激しくなり、息苦しくなる。

胸を強く押さえ、目を見開き、スコープを覗く。

「撃てるか？」

「う、撃ちます。私が、撃ちます」

「そうか、じゃあ任せる」

フィクサーとの会話が途切れた時、私は深呼吸をした。

それだけで動悸が鳴りを潜めるはずもなく、吐き気すら催す始末。

「来た。奴だ」

そうフィクサーが言った途端、心臓が跳ねた。

方位と距離を聞き、スコープに標的を捉えると、再度心臓が跳ねる。

写真を見た時から、まさかとは思っていた。

やっぱり……ミカエラだ。

あの人がなぜ。

なぜ狙われる?

「もう一度訊く。撃てるか?」

「……は、はい」

声は出ていなかったかもしれない。

体が芯から冷えていくのを感じる。

「おい、大丈夫か?」

この瞬間、1ヶ月前の生還の代償は軽いものでは無いと思い知らされた。

人を……いや、人型のものでさえ、撃とうとすると手が震えるのだ。

なのに、生きている人を撃つなどできるはずもなかった。

ましてやあの人は……ッ。

「…………」

今、私は集中しているのだろうか。

それとも、全く集中できていないのだろうか。

それすらも、分からない。

頭が真っ白だ。

「……はぁ、お前は余計なことを考えすぎるな。話は一先(ひとま)ず仕事を終わらせてからだ」

フィクサーがボルトを引き、薬室に弾を装填する。

カチャリという音が私の頭に響いた時、彼は呼吸を止めていた。


――撃つ気だ。


その動作は無駄がなく、素早く、そして見惚(みほ)れてしまいそうなほど綺麗(きれい)だった。

引き金に指が掛かり、そして――

サプレッサーに減音された銃声が、夜の空に響く。

直前に、私の体は動いていた。動いてしまっていた。

「いやぁ！　やめて！　あの人だけは……あの人だけは殺さないでっ！」

気づけば、か弱い少女のような声を上げ、私はフィクサーの銃を押しのけてしまっていた。

頭の中が真っ白になる。

フィクサーが何か言っているけど、何も頭に入ってこない。

しばらくして正気に戻り、スコープを覗くとそこには誰もいなかった。

視界に入ってからほんの10秒のこと。数年ぶりの一方的な逢瀬。

川崎ミカエラ、私の師匠であり、叔母であり、母親代わりであった彼女は……。

あの日と同じように、私の前から姿を消した。

4

オレは、何かを間違えたのだろうか。

結局仕事は失敗、マスターは特にそれを咎めはしなかった。

いつもの思考が読めない表情で、

「芹水仙には私から言っておく」

と言っていた。

青葉は学園に戻ってすぐ、寮に引きこもっている。

幽々子や詩織に様子を見るよう頼んだが、本当に閉じこもっているらしい。

無理やり侵入してもいいかと幽々子に問われたが、精神状態が不安定な今はやめておけと言っておいた。代わりに一つ頼み事をしたら、喜んで遂行してくれた。

さて、青葉をこのまま放置というのはよろしくない。

精神状態が不安定だからこそ、早急に処置をしなければならないのだ。

詩織はそうしてオレの精神を回復させてくれた。

ならばオレも、そう行動すべきなのだろう。


というわけでオレは今、女子寮の屋上にいる。

「流石に、こんな時間に男のオレが女子寮の部屋をノックするわけにはいかないからな」

オレにはデリカシーが無いと言われがちだが、全くもって事実無根というわけだ。

しかし、部屋をノックせず部屋を訪ねる方法があるかと問われると、ある。

ラペリングによる窓からの侵入だ。

色々とぼやかれるのは目に見えているが、やる必要があることだと思っている。

「鍵が掛かってないな」

青葉の部屋にたどり着き、窓に手をかけると特に引っかかりもなく開いた。

不用心というわけでは無く、事前に幽々子に頼んでピッキングしてもらっただけだが。

「邪魔するぞ」

窓枠に足を掛ける。

背後から風が吹き、カーテンが靡く。さながら物語の中のようだ。

パジャマの青葉は、オレの姿を確認するなり、ベッドから飛び跳ねて起き上がった。

「は？　え、はぁッ!?」

物語の中ならヒロインは今のように、引いてないだろう。

しかし、時間が経つに連れ、表情からは驚愕や得体のしれない恐怖が消え、代わりに緊張が表れてくる。

「……こほん、デリカシー以前に犯罪だと自覚していますか？」

「そうだな。それでもやらなければならないことだ」

そう言って部屋に上がり込む。

青葉は後退り、すかさず距離を取る。

「出ていってください。それとも、罰と称して自分の性欲でも解消しに来たんですか」

「オレをなんだと思っているんだ」

「女子の部屋に窓から侵入する不審者です」

間違ってはいないが、弁明するつもりもない。

オレは改めて青葉を観察する。

こちらに対する警戒的な視線はあるものの、もしオレにその気があったのなら抵抗してこないだろう。恐れ、諦め、体を震わせている。力ずくで襲われれば、どうせ敵う訳がないと。

今の彼女は正に、仕方がないと割り切った少女だ。

「そんなに警戒するな」

「無理に決まっているでしょう」

いつも通りに振る舞おうとしているのが、手に取るように分かる。

感情が波に飲まれ、隠すことすらできなくなっている、一種の錯乱状態だろう。

「はぁ。……私は、どうなりますか？」

「急にどうした？」

警戒し続けるのも馬鹿らしいと、青葉はベッドに腰掛けた。

消え入りそうな声で呟く彼女の視線は、床に落ちたままだ。

「私は自分が何をしたかよく分かっています。標的が現れたのに狙撃できず、あまつさえあなたの狙撃を阻止してしまいました。クビどころでは済まないはずです」

実際、青葉にはどのような処罰が下されるのか。

狙撃任務で狙撃の邪魔をするという暴挙は、学生であっても軽い罰では済まない。

精神病棟に放り込まれても、特別な刑務所で終身刑でも、文句は言えないだろう。

だが、現実はそのどれでもない。処罰など下されない。

「言っておくが、オレは今回のことを咎めるつもりはない。そして他の誰にも、咎めさせるつもりもない」

「は？」

淡々と発した言葉に、青葉はありえない、と表情で訴えてくる。

「私は！　あなたの狙撃の邪魔をしたんですよ⁉　咎められて然るべきです！」

「知らなかったオレにも責任はある」

青葉にのっぴきならない事情の親族がいるのは、彼女の資料を読んで知っていた。

名前は記載がなかったので知らなかったが、書類に名前を残せないほどの人物であるなら、仮説を立てることくらいはできたはずだ。

「それでは私は、この罪悪感を、どうすれば良いんですかッ！」

それでもなお、青葉は食い下がる。

青葉がここまで感情任せに言葉を発するとは思ってもいなかった。

本来青葉が持っている責任感故に、お咎め無しというのは納得できないのだろう。

「お前は、罰を与えられたいのか？」

「はい。でないと、私は……」

その気持ちは少しだけ分かる。

何かミスをした時、それに対する罰がなければ不安になる。特にマスターは、オレに目に見える罰を課さない人だったから尚更だ。

その後の行動で挽回しろ。そういうことなのだと思って励むしかなかった。

「そうか。改めて言うが、青葉に処罰が下されることはない」

「何故⁉」

「罰を与えられたがっているからだ」

「ッ！」

青葉は息を呑む。反論は出ず、呼吸すら困難になり、喉をえずかせるばかりだ。

「楽になどさせない。罰を与えて終わりでは、お前は一生弱いままだ」

金糸雀色の瞳に涙が溢れ出す。

悔しさ故か、息苦しさ故か、その判別はできない。

「青葉、一つ聞いておこう。お前が引き金を引く理由は何だ？」

「引き金を引く、理由……？」

「ただでさえ、精神を擦り減らす仕事なんだ。引き金を引く理由を、自分の中だけに留めない方がいい。自分のためだけに引き金を引く人間と、誰かのために引き金を引く人間の差は大きい。精神的にも、誰かのためと考えられる方がずっと楽なはずだ」

オレが実際にそうであったように、誰のためと思えることがどれだけ心を軽くするか。

皮肉にも最初に諭してくれた義姉を、自分の手で殺めてしまったわけだが。

「あなたもですか？」

「ん？」

「あなたも、誰かのために引き金を引くんですか？」

「……少なくとも、全員が死にかけた1ヶ月前の任務は、お前たち3人のためだった」

正直な話、ダチュラに躊躇(ためら)いなく銃を向け、ナイフを突き立てることができたのは、この思考転換のおかげだ。今までのように自分のためを貫いていたら、大事なところで躊躇っていた。

それどころか青葉たちを助けにすら行けなかっただろう。

「時間はある。今は悩め。答えを出すのは今でなくていい」

「でも、仕事は……」

「ある程度の時間は稼げる。その時が来たとき、答えが出ていなくても責めはしない」

「なんでそんなに優しくするんですか」

「優しくした覚えは無い」

突き放しているわけではないが、優しくしているわけでもない。

オレは問題を先送りしているだけだ。詩織のように即座に解決できるならまだしも、オレにはまだそんな芸当は無理だ。

だから今は、青葉が自分の力で克服するように手助けすることしかできない。

「さて、オレはそろそろ帰る。今日はゆっくり休め」

窓の外に垂れ下がっているロープを手早く結び、窓枠に足をかける。

一度振り返り、その後飛び降りた。

これからどうするか。

川崎ミカエラがイエローアイリスと接触したという情報が本当なら、イエローアイリスの出方も気になるし、川崎ミカエラについての情報収集も行いたい。

場合によっては……いや。

「この思考すらマスターの手のひらの上な気がしてならないが、それはそれだ。この選択はオレが下すもの。オレが決めねばならないものだ」

青葉には時間を与えるつもりではいるが、オレの猶予はそう多く無いだろう。

川崎ミカエラとイエローアイリスの情報収集はやっていくとして、芹水仙への対処と言い訳も並行して行わなければならない。この時点でオーバーワークだ。

……それでもなんとかするしかない。

オレは、フィクサーなのだから。

Vouloir c'est pouvoir. ——意志あるところに道は開ける——

次の日。

教室に行っても、いつも一番乗りの青葉の姿はなかった。

ホームルームの時間が近づいても、青葉は教室には来ない。

「先輩～、昨日アオちゃん先輩になんかしちゃったんじゃないッスかぁ？」

いつものように窓から教室に入ってきた幽々子に早速絡まれた。

青葉の部屋の窓の鍵を開けた犯人であるため、オレが訪問したことは知っているのだ。

「真面目な話しかしてないが？」

「じゃあむしろ、手を出さなかったことが問題ってことッスか⁉」

「どうしろと」

「でもほら、先輩って無自覚なセクハラとかするじゃないッスかぁ、どうなんすかぁ？」

幽々子のオレに対する話し方や接し方が、いつも通りに戻ったのはいい。

だが、こっちはこっちで鬱陶しい。

しかも夏に差し掛かっているにもかかわらず、背中からしなだれかかってくるのはやめて欲しい。暑苦しい。

「幽々子の体が引っ付いているのは、無自覚なセクハラでは無いのか？」

「いやぁ、自分のは計算されたセクハラですんで、むしろ先輩からすればご褒美ッスよね？」

「否定はしないが、流石に暑苦しい方が勝つな」

幽々子は口を尖らせながら背中から離れ、前の席に後ろ向きに座った。

おもちゃで遊ぶモードから一転、表情にシリアスを戻した幽々子は窓の外を眺めた。

「一応、部屋をノックしてみたんスけど、反応はなかったッスよ」

「昨日の今日だからな。時間はかけるつもりではあるし、焦らなくてもいいだろう」

「そッスか。早く復帰してくれるといいッスね」

「そうだな」

机に置かれた幽々子のスマホには、青葉とのメッセージ画面が映されているが、昨日以降のやりとりに既読は付いていないようだった。

心なしか、幽々子のいつもの陽気さにも陰りが見える気がする。

「幽々子がそこまで悩む必要は無いだろ」

「だってぇ……」

それなりに仲がいいとは思ってはいたが、そこまでメンタルに影響を及ぼすほどなのか？

と、思っていると幽々子は退屈そうな表情を浮かべた。

「先輩もブキ先輩も揶揄い甲斐が無いッスもん。やっぱりアオちゃん先輩じゃないと」

仲がいい……のか？　まあ、友情も人それぞれか。

「……ほどほどにしてやれよ」

「これが自分のほどほどッスから」

「そうか」

遠い目で外を眺めながら、青葉に同情してしまった。

そんなやりとりをしていると、教室の扉が音を立てて開く。

「うぃーす……」

今日もだるそうな衣吹が来たということは、時間か。

定位置に衣吹が座ると、見計らったかのように詩織が教室に入ってくる。

「全員……はやっぱり来てないか」

「せんせー、アオちゃん先輩は親戚に不幸があって休むそうッス」

ある意味合ってる。

仕事の内容は知らないはずだが、無意識に核心を突かないでほしい。

「呼吸をするように嘘を吐くのはやめてね。羽黒くん、桜ヶ平さんは？」

「昨晩までは生きていたぞ」

「そういう事じゃなくて、休んでる理由とか……」

ふむ、言っても問題はないはずだが、本人の了承を得ずに話すのも気が引ける。

知らないところで同情の目を向けられるのは、精神に負荷をかけることもあるからな。

「言えないこともないが、デリケートな問題でな。知りたければ後で学園長室まで来い」

「デリケート⁉　……ああ、ごめんなさい。あなたからそんな言葉が出るなんて思わなかったから、つい。……一応訊くけど、意味は分かって言ってる？」

詩織だけでなく、幽々子まで目を剥いてこちらを見ている。

こいつらの共通認識では、オレは他人の前でも言葉を選ばない人認定されているのだろう。

「お前たちとは、一度しっかりと話さないといけないらしいな」

「逆に聞いてみたいッスよ。この件に対する先輩の弁論」

「ほんとにね」

オレの反論に対して、幽々子も詩織も真っ向から対峙する構えだ。

この際だから、とはっきり分からせてやろうと思っていたが。

「そんな今更な話は良いけどよ」

衣吹が手足を目一杯使って伸びをして、共通認識に差異は無いと前置きをしてから言った。

「桜ヶ平ならさっき、学園長室に入っていくの見たぞ」

「え、嘘？　私見てないけど？」

意外な目撃情報に、詩織が驚く。

職員室からこの教室までの動線を考えると、見かけていても不思議はないからな。

「ゆんもセンセーも警戒されてたんじゃね？　見つかったら声かけられると思って」

「でもブキ先輩は、警戒してたアオちゃん先輩を見つけたんスよね？」

「あーしがあいつに声かけると思うか？」

「……納得ッス」

どうせ声をかけてくることはないだろうからと、警戒されていなかったんだな。

「う～ん、てっきり引きこもりルートに入ると思ってたんスけどね」

そんなことを嘯（うそぶ）く幽々子に乗っかる。

「オレも、部屋の前で宴（うたげ）でもする羽目になると思っていたんだがな」

「天岩戸（あまのいわと）ッスか？　よく知ってるッスね、そんなこと」

全く意味のない、くだらない話を続けているとチャイムが鳴った。

ホームルーム終了の時間だ。

「どうせ用事もあるし、学園長室に行ってみるか」

「あ、自分も行くッス」

「あなたは授業に出なさい」

幽々子は詩織に咎（とが）められ、衣吹はそもそも付いてくる素振りすら見せない。

「別に付いてくるくらい構わないが」

「だめ。あの子成績やばいから」

どうやら学生らしい問題があったようだ。詩織もしっかり教師しているな。

裏の顔がどうであろうと、今の本業は学生だ。

ただでさえ、人としてある一線を超えてしまう仕事をしているのだから、それを忘れてはならないということだろう。

「……何ですか？　その顔は」

改めて感心した、と不躾な視線を向けてしまったことを反省し、立ち上がる。

とりあえず、詩織と2人で学園長室に向かった。

1

学園長室に到着した。

ノックをして入室の許可をもらい、室内に入る。

「来たか」

どうやら青葉は既に用事を終えて退室した後らしく、部屋に居たのはマスターと芹水仙、そしてもう1人知らない人物。

濃紺スーツを着た神経質そうな30代前後の男だ。

「初めまして。私は公安警察の千代田という者だ。1ヶ月前のダチュラの件は見事だった」

この国における、国家体制を揺るがす犯罪集団を取り締まる組織だ。存在は公表されているものの、活動内容を秘匿している場合が多く、オレたちと似たような組織であるはずだ。

「で、その公安が何の用だ？」

「初めての人にはきちんと挨拶しなさい」

わざと礼節を省いたのだが、それに気づかない詩織が脇腹を抓ってくる。

「……初めまして、公安が何の用だ？」

詩織がいるとやりづらいな。

そのやり取りに、千代田と名乗った男は鼻を鳴らした。

「女狐の駄犬にしては、人の言うことをよく聞いてるじゃないか」

「会話ができないのは貴様が国の犬だからか？　もう一度訊く。何の用だ？」

ただ言葉を交わしただけで、空気がピリッとしてきた。

千代田は貼り付けたような信用ならない笑みを崩さず、視線だけを動かしている。

オレがどう動いても、一挙手一投足を見逃さないだろう。

ただ、対応できると思っている傲慢を崩してみたくはある。

静かに、事前動作なく臨戦態勢を取り、それを察した千代田はネクタイを緩めた。

そして、床を蹴ろうとした刹那。

「仲悪すぎない？」

空気が変わったのを察知してか、詩織がオレと千代田の間に入る。

物理的な障壁ができてしまい、取り払うわけにもいかないので流石に矛を収めた。

「ふん、野蛮な駄犬だ」

千代田はネクタイを締め直し、こちらを睨める。その額には、薄らと汗が浮かんでいる。

「まあいい。いい加減本題に入ろうか」

スマホを操作し、学園長室のモニターに画面を映す。

「昨夜、芹水仙及び葉隠狐の承認による機密作戦が決行された。実働員は羽黒潤、桜ヶ平青葉、以上2名による狙撃任務だったが、結果は失敗。標的はその後姿を眩ませた」

やはりそのことか、当然と言えば当然だが。

ただ、責任の所在を決めるだけなら公安が出張ることなく上が勝手に決めるだろう。公安がわざわざ来たということは、別の面倒ごとがあるに違いない。

「何か申し開きはあるか？」

誰もが口を噤む中、申し訳などあるはずないと確信していたであろう千代田は話を続ける。

「あるわけもないな。今ここで正当性を示せるものなどなく、示そうものなら川崎ミカエラ、ひいてはイエローアイリスと通じていると白状するようなものだからな」

千代田自身も無茶を言っていることは理解しているだろうが、下手に回答するとここにいる全員が勾留されかねない。最もその権力はあるだろうが、流石に実力が伴わないだろう。

つまり他に目的があり、決められたゴールまで会話を進めなければいけないらしい。

「……結局、オレが狙撃を失敗したのが原因だろう。次は確実に――」

「何か勘違いをしているな。羽黒潤、貴様に次など無い」

オレの言葉を遮り、千代田は再び語り始める。

「ダチュラの件で貴様に対する監視は一度解かれたが、今回の狙撃失敗によって再び監視対象として名前が挙がった。そしてそれは、桜ヶ平青葉にも適用されている」

なるほど、そう来たか。

これで青葉を人質に取ったわけだ。川崎ミカエラを殺さなければ、それに通じているものとされ、勾留されることだろう。遠回しすぎて面倒な奴だ。

「ちょっと！　それは流石に……」

しかし、これに納得できない詩織が噛み付く。

できれば大人しくしていて欲しいのだが、こればっかりは詩織の美徳でもあるので、オレが止められる道理はないか。

「一介の教員が、我々の仕事に口を挟むのか？」

「それは……でも、桜ヶ平さんはまだ未成年の学生ですよ？」

「知っている。様々な特権を付与していることもな。今更、未成年などという言葉では守られないのだよ。彼女は」

　話が進まないので詩織を抑える。

「オレはともかく、青葉にも監視が付くのは唐突すぎやしないか？」

「何も唐突なことはない。桜ヶ平青葉は標的の親類縁者であり、繋（つな）がっていると断定した。この事実を知らないとは言わせない」

　千代田はマスターと芹水仙の方を見て確認する。

　マスターが瞑目（めいもく）し、芹水仙は軽蔑（けいべつ）の視線を向けている。この男、相当嫌われているようだ。

「そもそも私の指令は初めから抹殺だ。今更何を警戒している？」

「自衛隊、それも特殊作戦群から優秀な人材がテロリストに流れるなど、あってはならないことだろう？　隊長殿。我々は確実に、速やかなる危険分子の排除を望んでいる。それだけだ」

　千代田はこちらを見る。

　オレに次はないと言っておきながら、オレに狙撃させるつもりなのだろう。

　要は、オレが動けるようにする条件、そこに千代田の本当の狙（ねら）いが隠されている。

　本当に回りくどい男だ。

「分かっているが、実働は誰に任せる気だ？　そっちの狙撃手も特戦群の狙撃手も、羽黒潤の練度には敵（かな）わないだろう。今この国に、この男以外に奴（やつ）を狙撃できる人間などいない」

芹水仙に推され、逃げ場がなくなったことを理解した。もとより逃げるつもりなどないが。

「……失敗の責任は取る。川崎ミカエラはオレが殺す。次に失敗したときはオレを殺すなりなんなり好きにしろ」

「既に貴様一人の命では贖いきれない状況にあることを忘れてないか？」

「なら、私の命もレイズしよう。目の上のたんこぶを消せる機会だ。不満はあるまい？」

今まで口を閉ざしていたマスターが発言した瞬間、千代田がほんの一瞬、注視していなければ見逃していたであろう一瞬だけ、口角を上げた。

初めから狙いはマスターの失脚だったのだろう。一体なぜそこまでマスターが目の敵にされているのか気になってくるが、それはいい。

少なくとも千代田の面の皮を剥いだ後には、さぞ狡猾な猿の顔がありそうだ。

「よかろう。そこまで言うなら条件付きで羽黒潤の動員を許可しよう」

「条件は？」

「公安警察監視の下、作戦を行ってもらう」

「問題ない」

「そして、死体の確認及び回収は君が行え、芹水仙」

「私が？　別に構わないが」

「ならいい。話は以上だ」

スマホの電源を切り、扉へ向かう。

「忘れるな。我々の監視対象は自衛隊を超えて、君ら【SDF】にまで及んでいる」

そんな言葉を言い残し、千代田は部屋から出て行った。

「もう！　なんなのあの人！　塩でも撒く⁉」

「そう怒るな。血圧が上がるぞ」

「だって……！　ああもう！　ちょっと工房行ってくる！」

詩織も怒りながら出て行った。この愚痴はスミがたっぷりと聞かされることだろう。

「それにしても、あれが国民のために働く公安か」

初めて会ったが、面の皮が厚そうな奴だった。

「国民ではなく、国家の安全と秩序の維持を担う組織だ」

マスターがやれやれと言わんばかりに肩を揉んだ。

「お前も厄介なのに目を付けられたな」

「何を今更。私は特戦群時代からあいつに目をつけられていた。元からだ」

「私は坊ちゃんに言ったんだよ」

芹水仙とマスターのやり取りを最後に、特に別れの言葉もなくこの場は解散となった。

結局、芹水仙には任務失敗の件は咎められなかった。

最悪オレが暴れた時の、千代田の保険として呼ばれただけであったらしく、面倒だと呟きながら彼女も部屋を出ていった。

「そういえば、青葉がここに来ていたと聞いたんだが」

「律儀にこれを提出しに来ただけだ」

そうして渡された書類は、明日の外出届だった。

2

千代田の襲来以外は何事もなく、通常通りの授業を受けた放課後。

学園の中庭で、殺意高めに睨み合っている幽々子と衣吹を発見した。

喧嘩では無さそうだが、組み手だろうか。

そういえば、2人の組み手を傍目から見たことはなかったな。

「せっかくだから見学して行くか」

窓枠に体重を預けたと同時、幽々子が動いた。

四足獣を彷彿とさせる低い姿勢で接近し、太ももから抜いたゴム製のナイフを首に振る。

衣吹は半歩引いて躱すが、幽々子は残った軸足を狙う。

しかし、その攻撃は予期していたようで、引いた足で大雑把に蹴りを放った。

鋭い攻撃だったにもかかわらず、幽々子はすぐに回避し、間合いを取る。

あの体勢から反撃するのもすごいが、回避を間に合わせられるのも凄い。

ほんの一瞬の攻防に、高度な駆け引きと読みが織り交ぜられている。

「ふぅ、ちょっと脳筋すぎるんじゃないッスか？」

「長所は活かさねぇとなァッ！」

今度は衣吹が接近した。

左半身を前面に、左腕を盾のように構えながら、真っ直ぐ突っ込む。

隙だらけ。幽々子もそう考えナイフを構えたが、次の瞬間には全力で回避した。

「うぉッ⁉」

振りかぶった右ストレートが空を切る。

衣吹らしい豪快な戦い方だが、もはや現代の人間の戦い方ではない。

盾と槍で武装した古代の兵士を幻視してしまうほどだ。

「対銃器では効果が薄そうだが、対刃物、対素手なら効果的……か？」

衣吹の体格ありきだが、幅広く対応できそうな戦闘スタイルだ。

攻撃を受ける判断を誤ると、小さな怪我では済まないだろう。

肉を切らせて骨を断つ、と言ったところか。

あまり褒められた戦い方ではないが、幽々子にとっては充分脅威だろう。

ここまでダメージ度外視の攻勢に出られると、幽々子の手は限られてくる。

わざとらしく屈伸すると、幽々子は愚直に真っ直ぐ迫る。

対する衣吹の迎撃は単調、拳で撃ち抜く。それだけだ。

「っと」

その単調な一撃は、最も容易く読まれた。

幽々子は紙一重で拳を躱し、伸ばされた腕に絡みつく。

「腕もら……イッ⁉」

見事な飛び付き腕十字だったが、様子がおかしい。

幽々子は腕一本に全体重を乗せて組み付いている。

普通ならバランスを崩し、関節技を極められるのだが、衣吹は筋力でこれに耐えていた。

「かかったなァ」

ふむ、テロリストもかくや、といった悪い顔だ。

衣吹は幽々子ごと腕を振り下ろした。

どうにか受け身を取っていたが、すかさず寝技をかけられる。

あの体格差では抜け出せないだろう。

「一回潤サンにやられたからよ、やってみたかったんだよ」

そういえばオレも、同じような状況で衣吹を投げた気がする。

なるほど、あの単調な一撃は組み付きを誘発するための釣り。

なかなか冷静じゃないか。

「ぐぇっ」

決まり手は、ヘッドシザースチョーク。

総合格闘技やブラジリアン柔術あたりの寝技であり、足で首を絞める技でまず抜け出せない。

技は完璧に極まったらしく、その証拠に幽々子は太ももに挟まれて変な声を出していた。

「まだまだ甘ェなぁ！　ゆん！」

「ブキ先輩こそ、ずいぶん息が切れてるじゃないッスか」

刃物対素手ではあったものの、真っ向勝負の力押しに弱い幽々子が押し負けたという印象だった。室内であれば、壁を足場にできる幽々子に分があっただろうか。

ともあれ、これ以上は怪我が悪化しそうなので止めた方がいいだろう。

「そこまでだ。リハビリにしては激しすぎるぞ」

「う、羨ましいッスか先輩？　ブキ先輩のひざまくr……ゲフッ」

「あ、やべ」

とりあえず、今にも口から魂が抜けそうな幽々子を解放させた。

息はあったので放置していると、ガバッと起き上がった。

「ハッ……！　今、死んだお爺さんが川の向こうで手を振ってたッス」

何やら怪しいことを言っているな。気絶すらしていなかったくせに。

「頭にナイフを投げて、もう一回寝かせておいたッス」

ふむ、殺意満点で結構なことだ。

目立ちはしないが、衣吹の成長が見れて概ね満足したし、そろそろ帰るか。

「なぁ潤サン、どーせ最初から見てたんだろ？　なんか評価とかねーの？」

帰る素振りを見せると、衣吹に声をかけられた。

チームの練度向上も、フィクサーの仕事ではあるが……まあいいか。

「じゃあまず衣吹。肉弾戦は申し分無いが、いくらゴム製のナイフとはいえ対刃物が大雑把すぎる。それを繰り返すなら作戦ごとに病院に戻ることになるぞ」

評価を求めていた割に、顔を顰めた。

まともな評価、というかダメ出しされるとは思っていなかったのだろう。

「怪我せずに刃物を制圧しようとするから、余計怪我するんだと思ったんだよ」

「制圧するだけなら、衣吹は一定のレベルに達している」

「でも実際、あーしじゃ手も足も出ない奴がいた」

ダチュラのことを言っているのだろう。

衣吹も考えているように、彼女の戦闘はまだまだ荒削りの技術だ。将来はダチュラくらいの相手は苦も無く制圧して欲しいものだが、今すぐ急成長しろというのは無理な話。

日頃の訓練は大前提として、急激な成長には死線を越えた経験がいる。

……割とくだらないきっかけで急成長する奴もいるが、そういうのは稀だ。

「衣吹、お前はまだ発展途上だ。現時点でダチュラに負けたことを反省すること自体がアホらしい。ダチュラは死に、衣吹は生き延びたのだから」

「そー簡単に割り切れるもんでもねぇっていうか……」

「強いて言うなら経験の差だな。基礎の鍛錬など、誰もがやることだ。結局、実際に死線を越えた経験と比べると些事でしかない」

命を懸けた実戦。それはイエローアイリスでは日常茶飯事だ。

同年代での訓練でも死人は多かったし、定期的に課される任務では死にかけた経験がない奴などほとんどいない。つまりは環境の差なのだ。

「んな事は分かってるケドよ」

「通常の接近戦であるなら、奴はそう強くない。つまり衣吹が弱いだけだ」

「はっきり言うなぁ。……ま、焦っても仕方ないってのは分かった」

納得はしていないようだが、一つヒントを得たのだろう。

その表情に曇りは無く、清々しいものだった。

「幽々子は……」

「なんスか、弱いって言われてるブキ先輩に負けた自分はゴミとでも言うんスか?」

放置して衣吹と長々話したせいで拗ねたようだ。

戦闘技術は細かな課題こそあるものの、申し分ない。幽々子の問題は、自分の不利な状況で戦っていたという点だ。

「動き自体は悪くなかった」

「およ？」

「だが、相変わらず絡め手無しの真っ向勝負は経験の無さが際立ってるな」

「……上げて落とすのなんなんスか」

正直、体術に関しては幽々子に教えられる事はないだろう。

戦闘のスタイルが違いすぎて下手に口出しすると、逆に瞬時の判断が必要な場合に迷いが出てしまう。戦闘中はその隙が致命傷になりがちだ。

「もし真っ向から戦うなら、誰かと連携するか、場所を選んだ方がいいな」

「そうッスよね。でもこれ、そういう趣旨の訓練なので」

「そうだったのか？」

「いつもはあーしから突っ掛けるケド、今回のはゆんが頭下げに来たんだよ」

知らなかったな。

てっきり衣吹が詰め寄って幽々子が渋々承諾したものと思っていた。

「自分も、強くならないとな～と思って」

「どういう心境の変化だ？　そういうことには興味がないのかと思っていたが」

できれば死にたい、死は救いとまで言っていた人物とは思えない。

「そんな大袈裟じゃないッスけど、もうちょっとくらいは長生きしたいかな？　と」

少し照れたように、頰を搔きながらはにかむ。

まあネガティブな変化ではないし、変化自体は喜ばしいことだろう。

何が影響しているのかは知らないが。

「ともかく！　苦手くらいは克服しておこうかと」

「必要ないだろう」

「はえ？」

幽々子は話の腰を捻じ曲げようとして大声を出したが、返す言葉に虚を突かれ、間の抜けた声を上げた。

「新しいことを覚えようとするのはいいが、中途半端に覚えてしまうと慎重さを欠いていつもより危険な判断をしかねない」

「でもやらないよりマシじゃないッスか？　それに……」

わざとらしく言葉を切って、朗らかな笑みを浮かべた。

「先輩なら、自分が危険と判断したら止めてくれるッスよね」

頼りにされるのはありがたいが、できれば自分で判断して欲しいものだ。

思ったより時間を取られたな。そろそろ帰るとしよう。

「じゃあオレは今度こそ帰るぞ」

「待て待て、せっかく来たんだ。今日から手合わせ再開しようぜ！」

再び衣吹に止められた。いつになったら帰れるんだろうか。

まあ、組み手するくらいならそう時間はかからないか。

しかし、意外だった。

「ずいぶん優しいじゃないか。わざわざ声をかけてくる必要はないぞ。どうせ勝てないだろ」

断りを入れる前に仕掛けてくると思っていたのだがな。結果は同じだが。

「……殺す！」

怒りに任せた大ぶりの拳を躱し、反撃を——

「ッ！」

オレは咄嗟に回避を選択した。

「うわっ、今の避けるんスか⁉」

感覚に従って回避したが、死角から幽々子がナイフを振り下ろしてきたらしい。

すかさず衣吹が追撃をかけてくる。

拳をいなし、摑みにくる手を除け、蹴りを避ける。

いや、待て、幽々子が消え……ッ！

大きくその場から飛び退いた。

「むぅ、決まらんッスね」

幽々子は口許を尖らせて、ぶつぶつと呟く。

なるほど、衣吹の体を隠れ蓑に潜伏しながら、衣吹の攻撃の隙を埋めているのか。

即興にしては、なかなかどうしていい連携だ。

「連携しろって言ったのは先輩ッスよ！」

「今日こそ土を付けてやるぜ」

衣吹に注視しすぎると、気配を殺した幽々子が死角から出てくる。

気配を殺した幽々子を探そうとすると、衣吹への対処が疎かになる。

これはなかなか、オレの訓練にもなるな。

「先輩、キツくなってきてるんじゃないッスか？」

「バカを言うな」

「余裕ぶってる割には反撃が来ねぇなァッ」

一度間合いを大きく取り、軽くストレッチをして集中する。

「扱いてやるのは構わないが、２人の心を折ってしまうのは気が引けてな」

「ほう、言うッスね、先輩」

「じゃ、遠慮なく２人がかりで」

その日は結局、暗くなるまで付き合わされた。

久しぶりに緊張感のある訓練にはなったし、良しとしよう。

3

学園がある埋立島の橋を渡り、バスに乗って10分、電車に乗り換えて約1時間。

それだけの時間をかけ、渋谷(しぶや)に来た。

いくつか目的はあるが、最優先の目的は青葉の状態確認及びケアというところだ。

昨日マスターに渡された書類には外出先が渋谷となっていたが、連絡も取らずに見つかるわけがないし、先に別の目的を済ませたいところであるが……。

「これは……」

シンプルに人が多く、歩くのも困難な状況だった。

この人の波に揉まれながら移動するのは無理だと判断し、比較的人の少ない方へ進む。

先ほどの人が集まっていたハチ公の像から、駅を挟んだ反対側の方へと歩いてきた。

「確か幽々子の話だと、外出の際青葉がよく行く店がここら辺にあるはずだが……」

ここは人もさほど多くなく、飲食店が並ぶビルを通り、見えてきた大階段を降りると、大階段の近くにあるカフェのような店のテラス席に、見覚えのある髪色の少女がいた。

やはり遠くからでも分かるほど、空間が歪(ゆが)んでいるように見えた。

「見つけた、青葉だ」

当然、いつもの制服とは違う私服だ。

ベージュのノースリーブジャケットに、腕部分が膨らんだ白いTシャツ。ボタンの付いたペールイエローのミニスカート。つま先が丸くなっている黒いローファー。

靴以外は全体的に白っぽい色で構成されている、青葉らしい服装だった。

「しかし、何をしているんだ?」

その少女は熱心に、やってきたスイーツとマグカップの写真を撮っている。

何のために撮っているのかは知らないが、こうして見ると歳(とし)相応を感じられる。

しばらく撮影と格闘していた青葉は、満足そうな笑みを浮かべてスマホをしまった。

「終わったか?」

「っ⁉　フィクサー⁉」

「外でその呼び方はやめておけ。聞かれて困ることではないが、一応な」

「失礼しました。えっと、羽黒……さん。それで、何の用が——」

「すみません、ただいま満席でして、お知り合いでしたら、相席でもよろしいでしょうか?」

青葉が鋭い視線で刺してきたが、店内から様子を窺(うかが)っていた店員が声を掛けてきたことで殺気を引っ込めた。

「構わない」

「ちょ、勝手に……！」

青葉は否定したが、当然聞くわけもなく、対面に座る。

珈琲を頼むと店員はそのまま店内に戻っていったが、扉を開けた際にこちらを見て笑みを浮かべた。

「今、店員が微笑(ほほえ)ましいものを見る目をしていたが、何かおかしなことでも言ったか？」

「……知るわけないでしょう」

聞かずとも店員の視線と微笑みの意味は、なんとなく読み取れるがな。

「恋人と間違えられたわけでもあるまいしな」

「分かってるなら聞かないでください。そういうところですよ」

青葉も察していたようだし、視線と微笑みの意味は当たらずとも遠からずといったところだろう。だからなんだという話ではあるが。

「で、なんでまた渋谷に来たんだ？」

「ショッピング……というか、まあリフレッシュ目的の外出です」

もしやミカエラを探すために来たのかとも思ったが、服装からして動きやすい服装というわけでもないし、杞憂(きゆう)だったようだ。

もし見つけてしまえば、公安がどう判断するかは明白だからな。

青葉はスイーツと一緒に来たミルクティーを飲み、「それで」と話を変えてきた。

「外出先まで私をストーキングしていらっしゃいますが、何の用ですか？　仕事はいいんですか？　そもそもどうしてここが分かったんですか？」

矢継ぎ早に質問が飛んできた。

随分と不満が溜まっているようだ。

「用ってほどでもないが、青葉の様子を見に来たんだ」

「……そうですか。この通り、何事もないので帰宅なさってください」

口はどこまでも素っ気ないが、本気で言っているわけではなさそうだ。

青葉は何か、オレに聞きたいことがあるように思えた。

「まあ慌てるな。せっかくだ、さっきの質問に答えてから行くことにする」

その質問を引き出すために、のらりくらりと時間をかけるとしよう。

青葉は不機嫌そうに口許を尖らせ「では」と言って質問を始めた。

「改めて訊きますけど、仕事はいいんですか？」

「仕事は今してるだろう」

「はい？」

青葉はキョトンとして首を傾げる。

「実働A班の管理はオレの仕事だ。なら班員のリフレッシュに付き合うのも、仕事のうちだと思わないか？」

実働A班の管理。なんて使い勝手のいい言葉だ。

書類仕事から逃げるために、これからも頻繁に使っていこう。

「……書類仕事から逃げたいだけでは？」

エスパーか。

「否定はしない」

というかできないな。

「どうせ帰ったらやることになるでしょうに、先に終わらせた方がいいんじゃないですか？」

「物事には優先順位というものがあってな。今は青葉より優先すべきことなど無い」

「歯が浮きそうになるセリフは似合いませんね。他意が多すぎます」

カップを持ち上げてミルクティーを飲み、プリンを口に運ぶ。

口の中にプリンを運んだ時、一瞬だけ幸せそうな顔をしていた。

オレの視線を察してか、飲み込んだ後に咳払い（せきばら）をする。

「で、どうしてここが分かったんですか？　偶然な訳がないですよね？」

「渋谷周辺だということは知っていたから、青葉が行きそうな場所を幽々子に聞いた」

本当のことしか言っていないにもかかわらず、疑っていますと言わんばかりのジト目を向けられた。解せん。

「お待たせしました。ごゆっくりどうぞ」

先ほどの店員が、珈琲を持ってきた。

元々帰る気はなかったが、帰るタイミングを逸したというアピールはしておこうか。

「質問には答え終わったが、珈琲が来てしまったな」

「別に、今すぐ追い出そうなんて思っていませんよ」

おや、これは少し意外だな。文句は言いつつも、席を立てとは言わないのか。

言葉で伝えると、すぐにどこかへ行けと言われるのは分かっているので口には出さないが。

ともあれ、今は珈琲を楽しむとしよう。

オレと青葉は同時にカップを持ち上げ、口へと運んだ。

少し酸味のある珈琲だ。コクがある方が好みではあるが、これはこれで美味い。

「……なんだ？」

青葉の視線を感じて問う。

「いえ、お気に召さないようでしたので」

顔に出ていたのか？　いや、ありえない。

青葉に見抜かれるほど、表情に変化はなかったはずだが。

「あなたも、そんな間の抜けた表情をするんですね」

「そんなに顔に出ていたか？」

「はい。キョトンとしていました」

少しの優越感を添えて、青葉は笑った。

楽しそうに笑う青葉を見るのは久しぶりだと思いつつ、そのしたり顔を崩したくなり、意趣返しとばかりに嘯いた。

「青葉こそ、プリンを食べた時にいい顔をしていたな」

「うっ……よく見ていますね」

「それも仕事のうちだからな」

「まるで覗き魔のようです」

「お前にだけは言われたくない」

したり顔は砕け、穏やかな表情を浮かべた。

少しは気分転換になっただろうか。

川崎ミカエラの件では、知らなかったとはいえ、青葉の精神に大きな負担をかけてしまった。

償いとは少し違うが、どうにも気にかけてしまう。

「あの、……どうしてそんなに、私に構うのでしょうか」

心を読まれたわけでは無いだろうが、そんなことを訊いてくる。

穏やかな表情だったのは一瞬で、既に青葉の表情は暗く陰っていた。

心に余裕が生まれたせいで、余計なことを考える余裕まで作ってしまったか。

「前の仕事で理解したはずです。私はもう、使い物になりません」

「使い物にならない、か」

「なんですか?」

自分で自分を卑下しているが、オレには一時的な精神不安としか思えない。

確かにマンターゲットを避けていたり、川崎ミカエラを目にした時の動揺も、いつもの青葉からは考えられないものだった。

だが、それがどうしたというのだ。

「断言する。桜ヶ平青葉は、そんなに弱い人間ではない」

「あなたに何が分かるんですか?」

「何も。ただ、実際に戦えなくなった人間を何人か見てきた経験から、そう思っただけだ」

イエローアイリスで教育を受けていた者全てが、そのカリキュラムを突破できたわけではない。中には性分的に人を殺せない者もいた。

だが、性分的に無理でも、それを克服した者はいる。

そういう奴は皆例外なく、強烈な動機を持っていた。

「殺し屋だろうが軍人だろうが、大人だろうが子供だろうが、男だろうが女だろうが、恐怖を思い知ってなお、人それぞれに引き金を引く理由があるんだ」

中には理由がなくても引き金を引ける人間はいるが……今はいいか。

「ともあれ、焦る必要はないと言ったのはオレだからな。今は休暇を楽しむといい。……もし、普通の学生に戻るという選択をしても協力はするし、咎めもしない」

「御役御免だと？」

「そうは言っていない。ただ、選択の自由を与えているだけだ」

空になったマグカップを置いて、周囲を見る。

人通りが多くなり始め、この店にも並び始める人がいた。

「店が混んできたな。そろそろ出るか」

「あ、はい。……すみませんが、少しだけ待っていてください」

「トイレか」

「…………」

キッと睨んだ後、何も言わずに席を立ってしまった。

……会計くらいは済ませておくか。

4

「このあとはどうするんだ？」

カフェを出てしばらく歩いたところで、青葉に訊いた。

オレの方の目的は半分ほど達成し、あとは青葉に付いていきながらでも問題ないからだ。

「服を見に行くつもりでいます」

「付いていってもいいか？」

「……興味があるんですか？」

「人並みには」

普通の学生が、普段どう過ごしているかも知っておきたいしな。

「別に付いてくるのは構いませんが、たいして面白くないと思いますよ？」

「ああ。というか、付いていくのに反対はしないんだな」

「……勘違いしないでください。結果的に奢ってもらう形になってしまいましたし、付いてくるのを拒否するのは、あまりにも薄情かと思っただけです。私はそこまで恩知らずではありませんので」

なぜか早口になった青葉が、足早にショッピングモールに入った。

かなり賑わっているようで、そこら中で楽しげな会話が聞こえる。

青葉はブティックには寄らずに、入り口の化粧品売り場で足を止めた。

独特な香りのする空間で、難しい顔をして商品を吟味している。

服を見ると言っていたものの、目的の物があってきたわけではないようだ。

これだけ多くの店舗が入っているのなら、見て回るというのも楽しみの一つということか。

「……あの、そんなにジッと見ないでいただけますか？」

「そうは言っても、特に目移りするようなものも無いしな」

「そうですか。……なんで付いてきたんでしょう、この人」

「聞こえてるぞ」

「聞こえるように言いましたので」

何度か試供品を手に取ったりしていたが、結局何も買わずに次の店舗へ足を向けた。

表情は心なしか躍っている。思った通りというか、見て回るだけでも楽しいようだ。

エスカレーターを上がり、白を基調とした内装のブティックに入った。

笑顔で鼻歌まじりに商品を眺める青葉の様子から、お気に入りの店の一つなのだろう。

「試着してきます」

いくつか商品を手に取り、試着室に入って仕切りを閉める。

……が、すぐに顔だけ出した。

「あの、せっかくなので感想でもください」

「オレが？」

「羽黒さんしかいないじゃないですか」

「本当に、オレが？」

「……ああ、そういう。ええ、試しに私を喜ばせてみてください」

オレの問いに納得を示した青葉だったが、やがて挑戦的な笑みを浮かべた。

その表情からは「どうせ無理でしょうけど」というセリフがありありと感じられる。

実際、気の利いた言葉など持ち合わせてはいないからな。

「どうですか？」

しばらくして、仕切りを開いた青葉が姿を見せた。

シャツはそのままで、ブラウンのジャンパースカートを身につけていた。

ウエストにはコルセットが入っているようで、青葉のボディラインがよく分かる。

「動きにくそうだな」

「……はぁ、分かってました、聞いた私がバカでした。すみません」

本当に呆れたと分かる、でかい溜息だった。

少しくらい頑張ってみるべきだったか。

「冗談だ。さっきと比べて雰囲気がガラッと変わったな、印象が大人しくなった。ただ、元々細いのに更に細く見えてしまうのがな」

「細く見えるというのは、重要なことでしょう。太く見えるより絶対いいですし」

男女の感覚の違いというやつだろうか、もう少し肉付きが良くてもいい気がする。

……と、口に出しそうになったが、言わぬが花か。

心なしか嬉しそうな青葉を見て、なんとか言葉を飲み込んだ。

「では、次もお願いします」

別の店に移ったと思ったら、さっきの店と同じことを始めた。

仕切りを閉める前の笑みには、満足感みたいなものがあったが、まだやるらしい。

まあいいか、と試着室前で待っていると。

「いらっしゃいませ～、何かお困りですか？」

と、店員に声をかけられた。

「特に困ってない」

「あ、そうですか……機嫌悪いのかな」

店員が何を勘違いしているのか知らないが、少なくとも不機嫌なわけではない。

「すみません、その人それが素なので気にしないでください」

「あ、そうなんですね～。サイズは大丈夫そうですか～？」

「大丈夫です」

なぜか店員はその場に居座り、青葉が出てくるのを待っている。

特に面白いこともないだろうに、笑顔を崩そうともしない。なるほど、これがプロか。

「お付き合いされてるんですか？」

感心していると、ボソッとオレに耳打ちしてくる。

「どっちの意味でだ？」

「それはもちろん……」

意味深な言葉の区切りに、まあそうだろうなと思いつつ否定する。

「今のところはないな」

「あ、付き合う前～、みたいな感じですか？」

「は？」

仕切りの向こうから、それはそれは冷ややかな声が届いた。

心なしか、体感温度が２度下がった気がする。

「あ、えっと……すみません」

店員の言葉だけで、青葉の態度が悪くなり、察した店員はすぐに謝った。

今日は厄日だな、この店員。同情する。

「終わりました」

試着が済んだようで、仕切りが開いた。

「どう、でしょうか？」

打って変わって今度はハイウエストのスキニーデニムに薄手の長袖シャツを着用している。

シャツの前だけインしているのはこだわりか何かだろうか？

しかし、スカートではない分、さらに細く見える。やはり細いというのは重要らしい。

「お客様スタイルいいですね！　とってもお似合いですよ～」

店員の言葉には特に反応することなく、こちらを見る。

「細すぎて心配になってくる」

ピシッと場の空気……というか店員が固まった。

「……一回だけはナチュラル失礼を許します。次はないです。さあ、どうでしょうか?」

身長が足りないが、という言葉を飲み込み、続く言葉だけを口にした。

「大人びて見えるが、ただ上品に纏まりすぎている気がしないでもない」

「……そうですね、上はもう少し遊んだ方が……」

何やら真剣に考え始めた青葉は、着替えてさらに物色し、色々な店を周り、試着したもの全てに意見を求め、どういう判断基準かは知らないが買い漁っていった。

いくら仕事でそれなりに報酬が出るとはいえ、散財しすぎではないだろうか。

ちなみにどこの店でも関係を邪推され、店を出る際に、

「……あれで付き合ってないのかぁ」

という店員の言葉が聞こえていた。


次に青葉はランジェリーショップに入っていった。

こういう所は男が入っても大丈夫なのだろうか?

逡巡したが、男性を伴って女性が入っていくのを目にし、普通に入店した。

「少しくらい恥じらうかと思っていましたが、そんなことはないんですね」

「まあ、たかが下着だからな」

「たかが……？　そうでしたね、羽黒さんはたかが下着と言って、私のスカートの中を記憶する変態的趣味をお持ちでしたね」

何を怒っているのかは知らないが、見た景色をそのまま記憶し、必要な時引き出しから取り出せるという能力はかなり重宝するものだ。

生存率が格段に上がるし、潜入の場合は持ち帰る情報も多くなる。

「あれはどちらかというと特技だな。見たものをしばらく忘れないという技術」

「……変態ですね」

「なんでだ」

結局変態認定される意味が分からない。

時折思うのだが、なぜか会話が噛み合わない時がある気がする。

頭の中で思考してから口に出すようにしていて、齟齬は少ないはずなのだが……。

「ところであなた今、どういう感情でここにいるんですか？」

「楽しそうだなと思って見ている」

「私しか見てないじゃないですか。もっと楽しんだらどうです？　せっかくの機会ですし」

確かに周囲を観察してはいるが、商品などは特に見ていない。

青葉からすれば、楽しめていないように見えているのか。

そうだな。もう少し、楽しむ努力をしてみようと思う。……ここから出たら、だが。

「例えば……こんなのはどうです⁉」

何が例えばなのか分からないが、青葉が商品の一つを見せてくる。

向こう側の景色が見える、布地の少ない下着だ。

そもそも展示されているものを見るのに、羞恥心も罪悪感も湧いてこないだろう。

というか、青葉自身が自分で指をさしている下着を直視できていない。

自分でも有り得ないと思っているんじゃないのか？

「で、それを買うのか？」

「買いません！」

「また感想でも言おうか？」

「いりません！」

「声がでかいぞ」

「あ……いや、あの」

営業スマイルで近づいてきていた店員の視線が刺さり、青葉は逃げるように店を離れた。

同じフロアに別のランジェリーショップがあったため、そっちに入るようだ。

オレも後に続こうとすると、青葉が振り返って人差し指を立てた。

「というか、本っ当にデリカシーが無いですね！　出ていってもらっていいですか⁉」

「マナー違反というわけでは無いんだろう？」

「選んでいるところを見られるのが嫌だと言っているんです！」

それもそうか。

本来、下着など誰に見せるものでも無いのだ。

選んでいるところをジロジロと見ていては、買いにくいのも頷(うなず)ける。

「分かった。外に出ているから、何かあったら呼べ」

「呼びません。断固呼びません」

ジト目青葉の視線を背中に受けながら、店を出る。

この展開はある意味都合がいい。

渋谷に来たもう一つの目的である、公安警察の張り込み要員が特定できた。

今まで確信は無かったが、今の青葉とのやりとりで確信できた。

だが、どうするか。

尾行はオレの背後、ランジェリーショップの中にいる。

「中途半端に隠そうとしていると逆に分かりやすいな」

女性であり、ランジェリーショップに入ったはいいものの、こちらを注視しすぎてさっきからずっと同じ下着を手に持っている。

ちなみに、先ほどのカフェでも、カフェからここに来る道中でも比較的近くにいた人物だ。

「尾行は初心者か。初心者を囮（おとり）にして別の人間が尾行をしているわけでもなさそうだ」

気づいていることに気づかれれば、交代要員を送られるだろうな。

よし。歩き方も容姿も気配も覚えたし、今は放っておこう。

交代要員が尾行の上手（うま）い奴だと厄介だしな。

「あの……」

「ん？　終わったか？」

「はい。そろそろ帰らないと、門限に間に合わなくなります」

「そうか」

色々な店を回り、青葉の手にはいくつかの紙袋が提（さ）げられている。

持ちながら回っていたせいか、手の血色が少し変わっていた。

「荷物を持とうか？」

「え、大丈夫ですが」

「遠慮するな、指に血が回ってないぞ」

「……ではお願いします」

紙袋を受け取ると、思ったよりもズシッときた。

別に問題はない重さだが、これを持ちながらショッピングを続けるとなると少々骨だろう。

「別に、私から持って欲しいとお願いした訳じゃありませんからね」

……ん？　何を当然のことを言っているんだ？

「最初から、羽黒さんを荷物持ちとして連れて行こうなんて思ってなかったという事です」

「オレが無理やり付いてきたわけだからな」

「……私が言いたいこと、理解しているのでしょうか」

わざわざ利用する意図はない、と言葉に出す必要はないんだが、青葉にとってあまり歓迎する状況ではないのだろう。

個人主義ではないが、人に迷惑をかけたくないといったところなのだろうか。


ショッピングモールから出て、駅に向かって歩いていると。

「あ」

と声を漏らして青葉が立ち止まり、どこか一点を見つめ始めた。

視線の先を追うと、花火大会のポスターが貼ってある。

「数年開催していなかったようですが、今年はやるんですね。……3日後ですか」

隅田川で行われる花火大会。

何か思い入れがあるのか、それとも見たことがないから見てみたいのか。

どちらか分からないし、どちらでもないかもしれないが、ポスターを見つめる青葉の表情は清流の如く澄んでいた。

「見に来るか？」

声をかけると、ハッとして首を横に振った。

「いえ、私は別に……」

「そうか」

少し残念だ。

日本の花火は少し見てみたい気持ちがあったのだが、1人で行くのは何故か気が引けた。

「なんですか？　歯切れが悪いですね。花火、見たいんですか？」

「ああ。噂には聞いたことがあるが、日本の花火を実際に見たことはないからな」

「見に来ればいいじゃないですか。きっとあなたも満足できますよ。羽黒さん」

青葉はそう言うが、きっと1人で見ても大した感動は得られないだろう。ただの勘だが。

「そういう訳にはいかない。1人で見ても意味がない」

誰かとその時間を共有することが詩織の言う、仲良くすることに繋がるだろうから。

「すごいですよ。何万発も上がって、夜空が何色にも彩られるんです」

「機会があれば、いつか見たいものだ」

「槐さんならノリノリで浴衣を来そうですし、新志さんもなんだかんだ付いてくるでしょう」

確かに、そんな場面が容易に想像できる。

それなら、今楽しそうに想像している青葉も、なんだかんだ付いてきそうだ。

「青葉もな。文句を言いつつ、心の中でははしゃぐタイプだろう」

「そんなことは……」

否定できない、という風に視線を逸らした。分かりやすいな。

「ふうかは……担いでいかないとダメだろうな」

「ええ。そうでもしないと現場にはドローンで乗り込むことでしょう」

あの不健康そうな表情で、拒否してくる姿しか想像できない。

しかし、一度担いでしまえば抵抗せずに運ばれてくれるだろう。

これほど鮮明に情景を思い浮かべることができるのは、関係が良好に進展している証拠なのかもしれない。

そんな話をしていると、駅に到着し、タイミングよく来た電車に乗り込む。

混雑はしていないため、オレと青葉はシートに腰を下ろした。

「……あの」

「なんだ？」

流れる風景をボヤッと見ていると、青葉が遠慮気味に声をかけてきた。

「今日は、ありがとうございました」

「礼を言われるようなことをした覚えはない」

「いえ、1人でいれば、もっと余計なことを考えてしまい、心から楽しむことはできなかったと思います。いいリフレッシュになりました」

どうやら青葉に付いていてきた甲斐はあったようだ。

「なら、礼は詩織にでも言ってくれ。メンタルに多大な負荷がかかった時、1人でいることの辛さと、誰かと一緒にいることの気楽さをオレに教えたのは詩織だからな」

詩織のカウンセリングは的を射ていたという事だ。

そういえば、結果的に何も無かったが、オレはあの時、本気で危害を加えるつもりでいた。

だが、彼女は引かなかった。

それが教師であるが故の矜持なのか、もっと別の執念なのか。

どちらにせよ、あの学園にいる教師なのだ。普通ではないのは確かだろう。

「そうですか。後でお礼を言っておきますが、実際に行動を起こしたのは羽黒さんですから、改めて言います。ありがとうございました」

「そういうことなら受け取っておこう」

オレも、今日のことは感謝しなければならないな。

誰かと普通に買い物など、少し前までは無かった事で、貴重な体験だった。

「引き金を引く理由……」

感謝を口に出そうとすると、青葉が先に口を開いた。

会話をしようとしたわけではなく、無意識に呟いてしまったようだ。

「見つかったのか?」

「っ。いえ、私は……ずっと考えていますが、その……」

申し訳なさそうに否定する青葉だが、そもそも答えを求めての問いではない。

もしかすると、オレが催促していると受け取ったのだろうか。

「聞き方が悪かったな。別に催促をしている訳じゃない。むしろその逆だ。考え続け、悩み続けた末にたどり着いた答えに意味がある」

「……はい」

これは青葉に対する罰であり、試練だ。

青葉が考えるのは、世界のどこにも模範解答がない問題。

無論、他人が答えを持っているわけもない、自分のためだけの〝引き金を引く理由〟。

それさえ見つかれば、この先どんな人生を歩もうと、行動することに迷いはなくなる。

この仕事を続けるにしろ、やめるにしろ、それこそ〝為せば成る〟というやつだ。

「羽黒さんは……」

だが、この時の青葉の目には、意志が見えた。

一生答えが見つからないかもしれない問題に、取り組もうとする意志が。

「私がそれを見つける手伝いを、してくださいますか？」

「ああ。して欲しい事があるなら言ってみろ」

だからこそ、オレも向き合わなければならない。

「では、よければ聞いていただけますか？　私の昔話を」

青葉の過去に。

何を思い、川崎ミカエラを助けたのか。

どんな過去がそうさせたのか。

「話したくなったのなら聞こうか」

「そこに答えがあるかは、分かりませんが」

「前にも言ったろう。言葉に出さなければ、言いたいことは伝わらない」

「……そうですね。では聞いてください。昔々のお話です」

青葉はゆっくりと語り始めた。

5

普通の一般家庭に生まれた私は、困窮するほどの不自由は特に無い暮らしを送っていた。

友人にも恵まれ、学業にもそれなりに打ち込み、純粋に幸せを享受していた。

しかし、10歳の頃に行った家族旅行で、人生が一変する。

父が運転していた車が、大型トラックと正面衝突した。

運転席に乗っていた父と、助手席に乗っていた母は即死。

私は後部座席で眠っていて、クラクションの音と、父の怒号、母の悲鳴で目を覚ました直後に、全身に強い衝撃を受け、気を失った。

最後の会話は他愛ないもので、別れの言葉を聞くこともなく、2人はこの世を去った。

私は奇跡的に一命を取り留めはしたが、すぐに連絡のつく親族はいない。

母方の祖父母は海外に住んでおり、父方の祖父母はすでに他界していたため、児童養護施設に預けられることになった。

この時、幼い時分に理不尽というものを知る。

世の中にはどうしようもないことも起こるのだと。

施設では、誰とも話す気にはなれなかった。

ずっと黙り込み、目を伏せ、ただ生きるためだけに食べ物を食(は)む。

生きながらに死んでいた。

そんな生活が3ヶ月続いた頃。

初めて私に面会者が来て、私を見るなり開口一番に言った。

「うちの子になる？」

そう言ってくれたのは、母の姉、叔母に当たる人、川崎ミカエラだった。

仕事で海外に行っていたらしく、妹である母の訃報を知り、施設を訪ねてきたらしい。

施設からも強く説得され、結局私は北海道にある叔母の家に引き取られた。

当時の私は事故のショックから立ち直れていなくて、泣きもせず、笑いもしない、言われたことをただ淡々とやる、お手伝い人形のようだったという。

そんな私にも、ミカエラは明るく朗らかに接し、いつも笑っていた。

取り繕っていたわけではなく、それが生来の性格なのだと感じた。……変な人だ。

「ここよ」

連れてこられたのは北海道の、人が寄り付かないほど山奥のログハウス。

私有地の山らしく、周辺には柵も張り巡らされている。

私が人との関わりを極力絶っていることに気づき、気を回してくれたのだろう。

「ようこそ、我が家へ」

こうして、叔母と私の2人暮らしが始まった。

山奥と言っても、電気や水道、ガスなどのライフラインは整っていて、買い物に行くこと以外は特に苦労しない暮らしだった。

しかし、こんな所から学校に通えるわけもなく、授業は全てオンライン。

当時、誰とも関わり合いになろうと思っていなかった私からすれば、ありがたかった。


2人暮らしを始めて、半年が経った頃。

私は徐々に心を開いていき、雑談もそれなりに弾むようになった。

でも、心の穴はぽっかりと空いたまま過ごしていた。

日増しに、その穴が広がっていると感じていた、ある日のこと。

「これ、プレゼント」

珍しく、ミカエラが照れた様子でプレゼントをくれた。

「これは……！」

もらったものは、母がよくつけていた、リボンに一輪の花があしらわれたヘアバンドだった。

「遺品ではないけど、あたしが結婚式の時に妹にあげたものだからね。ほぼ同じものよ」

ナツミカンの白い花。

その花言葉は『清純』そして『親愛』。

……もう一つあるけれど、それはきっと私には無縁なもの。

ともかく、清純も親愛も、どちらも私には過ぎたものだ。

それでも嬉しかった。

両親の分まで頑張って生きようと、心から思った。

「ありがとう……ございます」

しばらくの間、涙が止まることはなかった。

落ち着いてくると、ミカエラは隣に座って私を抱き寄せた。

「青葉は大きくなったら何になりたい？」

徐に、ミカエラがそんなことを訊いてきた。

今思えば、そんなにはっきりとした答えを求めていた問いでは無かったと思う。

でも、私は即答した。

「強くなりたいです」

「強く？　具体的には？」

「周囲の人が守れて、かつ自分も死なないくらい、強く」

その時の私は、どんな顔をしていたかは知らない。

でも、その日を境にミカエラは私を鍛えてくれた。

体力トレーニングはもちろん、筋力、忍耐力、精神力、そして、銃の扱い方。

自衛隊に入っていることは知っていたが、仕事に行ってる姿は見たことがないし、銃を家に置いていることがおかしいということも、子供ながらに理解していた。

それでも、私は理想のために、疑問を持たずに努力した。

何かを忘れるように、没頭した。

私がさまざまな技術を叩き込まれ、５年が経った。

いろいろなことを教わった。狩りにも連れて行ってもらえた。

初めての狩猟では、言われた通りに鹿の背骨を粉砕し、一発で仕留めることができた。

時を重ねる度、狩猟犬とも馴染んでいき、やがて、１人で猪や熊も狩猟した。

徐々に充足感が満ちていった、そんな時だった。

「今日は、あまり獲物がいませんでしたね。それに……」

庭のように慣れ親しんだ山に、漠然と異変を感じる。

それはログハウスに近づくにつれ、大きくなっていった。

比較的整備されている道に出て、あるものを見つけた時、それは確信に変わった。

「見覚えのない大きな足跡、山を歩くことに慣れてる、３人組……？　っ！　ミカエラ！」

嫌な予感がした。

もし客人であるならば、車で来るだろう。舗装はないが、道は整備されているのだから。

わざわざ音を殺してログハウスに近づくのは、よからぬことを考えている連中だけだ。

私は走り出した。

簡単に死ぬ人ではないだろうけど、昨日は、なぜかお酒をたくさん飲んでいた。

いつもなら、呂律が回らなくなって嫌に絡んでくるのに、今朝まで飲み続けていた。

もし、今泥酔していたら。

嫌な予感に駆られて足を動かす。

山を駆け抜け、ログハウスが目に入った時、同時にその光景も目に入った。

「はぁ〜。道理で酔えないわけよね」

ログハウスの入り口に立ち、ライフルを肩に担いでいるミカエラ。

そして少し離れて、２人の男が血を流して倒れていた。

「酒に酔えない日は、大体こういうことに巻き込まれるのよね」

ミカエラは倒れている男たちの方へと歩いていく。

手には拳銃を握っていて、マガジンを入れて薬室に弾を込めた。

「誰に言われてきたの？　答えなさいよ露助ども」

「我々が……言うと思って――」

刹那、聞き慣れた破裂音が山に響き、鳥が舞う。

あのミカエラが……何があっても朗らかに笑っていたあのミカエラが、あんなに冷たい表情で、あんなに冷酷に、あんなに簡単に人を殺すなんて……。

気づけば私はその姿に魅入り、心に僅(わず)かばかりの憧(あこが)れを抱いていた。

殺人という忌むべき行為を忌むこともせず、ただ相手に理不尽を強いる強さに憧れた。

「答えは慎重に選びなさい。生き残るチャンスは一度だけ」

ミカエラがもう1人の男に銃を向けると、私はふと思い出した。

足跡は確かに3人分あった。でも、あそこに倒れているのは2人だ。

「あと1人、隠れてる?」

だとしたらまずい。

ミカエラを殺すのが目的なら、隠れている人は間違いなくミカエラを撃つだろう。

探せ、探せ、ミカエラを救いたいのなら。

私なら、どこから撃つ? 男が倒れている位置、ミカエラの位置、そこを狙撃するのに最適なポイントと、さらにそこを狙撃する最適なポイントは……。

私は木の上に登り、幾つものポイントを見下ろした。

そして……。

「見つけた」

今まさに狙撃するために、狙撃銃を構え出した男がいる。

素早く銃口を向け、素早く弾道計算を終了し、撃った。

寸分違わず命中し、男は力なく崩れ落ちる。

最初の人殺しは、分泌された脳内物質のせいもあり、実にあっけないものになった。

「ふー、ふー、よかった……」

ログハウスに戻ると、ミカエラが罰の悪い顔を浮かべていた。

「ごめんなさい。あなたに人殺しをさせるつもりは――」

「大したことなかったですね。次にこういうことがあれば、私が対処します」

興奮、高揚、ほんのちょっとの不快感。

そんな達成感より、ミカエラが生きていることが嬉しかった。

「あ、あのね、青葉……」

「ミカエラも、かっこよかったです！」

「………」

興奮する私を前に、ミカエラの表情はイタズラがバレた子供のようだった。

その時の光景が焼きつきその姿に追いつきたくて、私はさらに、狙撃にのめり込んだ。

「ふふっ……」

獲物に集中する時の、何もない無の世界に引き摺り込まれる感覚。

周囲に擬態し、ジッと獲物を待ち続け、射程距離に入ると、撃つ。

その感覚が心地良く、私はいつしか笑うようになっていた。

一方的に、命を奪えることの全能感。

過去私を襲った理不尽を、自分が課す側だという愉悦。

偶然失敗がなかった故に、それが失敗となっていることにも気づかずに。

最初少しは見せた迷いにもすっかり慣れてしまって、的確に、確実に、急所を撃ち抜くようになった。効率よく命を奪うようになっていった。

「その感覚に酔ってはダメよ。いつかあなたの身を滅ぼすことになる」

いつからか、ミカエラはそんなことを言うようになった。

意味が分からなかった。

「何が言いたいんですか？」

「命に敬意を払いなさい」

訳が分からなかった。

あなたはあの時、敬意なんて払ってなかった。

この楽しさを教えたのはあなたなのに。

褒めて欲しくて頑張ったのに。

初めて没頭できるものを見つけたのに。

否定なんて、しないでよ。

「……うるさいです」

気づけばそんな言葉が、口を突いて出た。

「なんですって？」

「楽しいことを楽しむことの、何がいけないんですか！」

ほんの些細(ささい)な喧嘩。

ただの反抗期。

一瞬の憤り。

「狩りを楽しむのは構わないけど、命を奪うことを楽しむのはやめなさいと言ってるの」

確かにそれは最低だ、と思った。

自分の行動を顧みても、その兆候が見られたことは自覚していた。

でも、非を認めることができるほど余裕がなかった。

好きなことを否定されたと思ってしまった私は、もう引けなくなっていた。

「狩りは命を奪う行為じゃ無いですか！　狩りを楽しむのはその行為を楽しむことでもあるでしょう！　それに、狩りを私に教えたのはあなたです！　それを今更ッ！」

「あたしは、あなたを思って……」

「そんな言葉が一番信用できないんです！」

ああ、だめだ、やめて。止まって。

メチャクチャなことを言っているのは分かっている。

もはや勢いだけで、どうにかしようとしてしまっていることも。

頭はこんなに冷静なはずなのに、口を突いて出る言葉は捲し立てるだけの空っぽなもの。

「言うことを聞きなさい！」

いつもは声を荒らげないミカエラが吠えた時、私の中の何かが弾けた。

「なんでそんなに言う事を聞かせたがるんですか！　あなたは本当のお母さんじゃ……っ！」

「……っ！」

最低な言葉を口に出してしまった。

吐いた言葉は飲み込めず、後悔と罪悪感が私を苛(さいな)んだ。

空気が冷えていく。

沈黙が怖い。

私は理解した。

銃よりも強力な、言葉という暴力を振り翳(かざ)してしまったと。

「あの……」

「もう勝手になさい」

ミカエラは、部屋に閉じこもってしまった。

その日は、互いに頭を冷やした方がいいと思い、そのまま床についた。

また明日、謝ろうと。

謝れば、いつも通りに戻れると。

非を認めたら、素直になれば、また肩を並べられると思っていた。

でも、朝目覚めた時、ミカエラはもういなかった。

両親の事故のような、悲しいことはもう起こらないのだと、思っていた。

一通の手紙と、とある学園への推薦状を置いて、彼女があの家に帰ってこなくなるまでは。

友人のようだと、姉のようだと、母のようだと、そう思っていた人に置いていかれた。

私は再び、独りになった。


どうしようもない、後悔だけを残して。

6

青葉の過去を聞いて、何故彼女が川崎ミカエラの狙撃を阻止したのかは理解した。

結局、自信の喪失が一番大きな問題だろう。

1ヶ月前の敵狙撃手によって直面した命の危機。そして精神が崩れているところに重なるようにして起きた、恩人である川崎ミカエラの始末という仕事。

一度はなんとか踏ん張った青葉の精神は、一気に底まで転げ落ちた……はずだ。

それにしては、今日はいつも通りだった。気が滅入っている時は、好きなことすら億劫に感じられるのに、今日の青葉は活動的だったと思う。

「今日は楽しかったか?」

声をかけると青葉は振り返り、優しげに微笑んだ。

一瞬だけその笑みを見せると、さっさと前を歩いていく。

この笑顔を見て、あとは自分で想像してください。ということだろうか。

「楽しめたようで何よりだ」

ふん、と鼻を鳴らす青葉の足取りは軽く、弾むように寮への帰路についた。

「今日はありがとうございました。ここまでで大丈夫です」

寮の前に到着して荷物を手渡し、一歩離れる。

名残惜しいわけではないだろうが、寮に入ろうとはせず、突っ立っているままだ。

「じゃあ、オレは帰るぞ」

背を向けて歩き出すと「あの」と引き止められた。

「……とりあえず、明日からは教室に行きます」

「そうか。よかった」

「か、勘違いしないでくださいね。勉強に遅れるわけにはいかないというだけです」

「ああ、それでいい」

「っ！　おやすみなさい！」

何を怒っているのか。

青葉はそう吐き捨てると、ズカズカと歩いて行ってしまった。

「おやすみ」

なんだ、やっぱり元気じゃないか。

これから青葉は、成長しなければならない。

今を乗り越え、奮い立ってもらわなければならない。

いずれきっと、彼女の力が必要になる時が来るだろうから。

……さて、それはさておき、覗き魔には折檻が必要か？

「見ぃ～ちゃった。デートかしら？」

「詩織、わざわざ学園からそれを言うためだけに急いで来たのか？」

「……バレてたのね」

件の覗き魔、海老名詩織は顔を顰めて唸った。

オレが青葉と一緒に歩いているのを見て、鼻息荒くして急いで来たのだろう。

ニヤニヤしながら、冷やかしのために急ぐ詩織の姿が目に浮かぶ。

「また失礼なこと考えてるわね？」

「やはりエスパーなのか？」

「はぁ。……まあいいわ。よければ少し歩かない？」

しかし、詩織からの提案は願ってもないことだった。

答えを聞きたいわけではないが、今オレが青葉に対して行っていることが間違いではないという、お墨付きが欲しかったのだ。

詩織ならきっと、違うことは違うと、正しいことは正しいと言ってくれるはずだから。

「構わないが、晩酌には付き合えないぞ」

「分かってるわよ。それは追々ね」

冗談を軽く流して、詩織は歩き出した。

空はまだ少し明るいが、あと30分もすれば夜になるだろう。

そんな、夕方と夜の境界のような曖昧な時間を2人で歩く。

「ん〜っ、潮風が気持ちいいわ」

「リラックスするにしては強いがな」

詩織の髪は風に遊ばれているどころか、荒ぶっているといった様子だ。

毎日の入念な手入れやセットを欠かしていないだろうに、髪を押さえることもせず、風に任せている。

「仕事の後はこんなものよ。退勤したら、身なりを整えても意味ないからね」

「そういうものか？」

「そういうもんよ」

自棄になるのとは少し違う、開放感からくる行為なのだろう。

今にも小躍りを始めそうなほど軽やかな足取りで、海に臨む遊歩道を進む。

「あ、そこで休憩しない？」

詩織が指を指した先は、ベンチや自動販売機があるスペースになっている。

こういう場所は普段誰かが利用するのだろうか、と考えたが、そこかしこに人がいた形跡は見て取れる。公園が無いこの島での、憩いの場となっているのだろう。

「それはいいが、連れ出された理由をそろそろ聞きたいんだがな」

「そんなの、冷やかしに決まってるでしょ」

あっけらかんと言い放った詩織に、思わず目を剥いた。

オレの様子を気に留めることも無く、詩織は自動販売機で缶珈琲を買い、寄越してくる。

「むしろ、話したいことがあるのは羽黒くんの方じゃないかしら？」

「なんだ、結局お見通しか」

「教師やってると、この子、私に話したいことがあるんだろうな～ってのが分かるのよ」

それで、部屋でもよかったのにわざわざここまで移動してきたのか。

確かに室内よりかは、多少胸が空く。

「青葉のことで、少し相談がある」

「でしょうね。でも、見てた感じはいつも通りだったと思うけど？」

「だからこその相談だ。オレのやり方は、間違っていないだろうか」

「間違ってないわ」

詩織はハッキリと即答した。

思考など挟む時間もなかったが、しっかりと目を見据えられていた。

「あなたが考えて、悩んで、行動に移した答えに、間違いなんて無い。私はそう思うわ」

これは予想だにしていなかった、判断に困る答えだ。

しかし、真意を聞き出すのが間違いだということは理解できる。

「それに、少なくとも桜ヶ平さんは笑ってたじゃない」

「だが、いつも通り仕事をこなせるようになったかは」

「バカ」

言葉を遮り、罵倒を飛ばしてきた詩織は飲み干した缶珈琲をゴミ箱に投げ入れると、立ち上がってオレの頭に拳を乗せた。

「人を撃てなくなった。それってつまり、普通に戻ったってことじゃないの？」

「普通？」

元々、この相談に明確な答えを求めてはいなかった。

オレが求めているのは、詩織の感性なのだから。

彼女の感性に触れることで、人としての判断が必要な時の指針にするために。

やはり詩織の持つ感性は新鮮で、眩しかった。

オレが照らされるには勿体無いほどに。

「人なんて殺せなくて当然。殺されそうになったら怖くなるのが普通。お世話になった人を撃て、なんて言われた日には、外に出られなくなってもおかしくなかったんじゃないかしら」

「だが、青葉は翌日には部屋から出ていたぞ？」

「何をしたか詳しくは知らないけど、誰かさんのデリカシーの無さが、逆にいい方向に働いたんじゃないの？　辛い時は、寄り添ってくれる誰かがいるだけで楽になるもんなんだから」

オレが青葉を気にかけて会いに行ったこともお見通しか。

あの時の行動は間違っていなかった。そう思うと、胸の内の自信が増した気がした。

「そうか。なら、オレが女子寮の屋上から、青葉の部屋に侵入したのは正しかったのか。青葉は引いていたが、それはそれ、というやつか」

一拍、静寂が流れた。

「……は？　待って、あなたそんなことしたの？」

「ん？　何か問題でもあったか？」

「いや、もう一回聞かせて。私の聞き違いかも」

腕を組みながら何度か頷（うなず）き、何かを期待している。

おそらくこれは、聞き間違いであることを期待しているのだろう。ならオレも詩織の聞き違いを正してやるために、一字一句ハッキリ伝えた方がいいか。

……しかし、どの部分だ？

「青葉は引いていたが、それはそれ、というやつか」

「そこじゃないっていうか、桜ヶ平さん引いてたんだ……じゃなくて、そのもうちょっと前」

「女子寮の屋上から、青葉の部屋に侵入した」

「聞き違いじゃなかったぁぁぁぁ……」

詩織は頭を抱えて項垂(うなだ)れた。

「オレなりに気を遣ったんだがな」

「……一応聞くけど、どう気を遣ったのよ？」

頭を抱えながら視線だけを向けてくる。

何一つとして責められる要素がない完璧(かんぺき)な思考であったため、思っていたこと全てを話した。

「夜遅くに男が女子寮を歩くわけにはいかないし、そもそも女子寮は男子禁制だ。であれば、潜入以外なかろう。学園のルールを破らずに青葉に接触する方法は、これしかなかったからやった。以上だ。セーフか？」

「アウトよ！」

流れるように突っ込んできた詩織の手刀を、脳天に頂戴してしまった。

解せないな。完璧だと思っていたのだが、さらに上の計画があったというのか？

「しかし、これ以上どうしろと？」

「スマホで連絡とればいいでしょ」

「話すことがあると言って、青葉が素直に出て来ると思うか？」

まず出てこないだろう。そして仮に部屋の前まで行けたとして、素直に来客には応じないはずだ。結局、強行手段しか選択肢がないのだ。

「いや、そうだけど……そうだけどっ！」

それを理解しているからか、詩織は唸りながら捻（ひね）りを加え、もはや捻（ねじ）れていた。

「もう、デリカシーとモラルの欠如は深刻ね……」

「なんだ？　やはりオレは行動を間違えたのか？」

「間違ってはない、間違ってはないけど……はぁ、結果は最高だけど、その過程は最低ね。ま、羽黒くんらしいけど」

諦（あきら）めたように笑い、捻れた体を元に戻す。

諦められるという形になる意味が分からないが、理解はしてくれたようで何よりだ。

「あ〜ぁ、休憩に来たのに余計に疲れたわ。帰るわよ」

言うが早いか、詩織は元来た遊歩道を歩き出した。

「気をつけてな」

「何言ってるの？　夜に女性を1人で歩かせる気？　襲われるかもしれないじゃない」

確かに話し込んだからか、あたりはすっかり暗くなっている。しかし、この島に詩織の危惧するような輩（やから）がいればすぐに捕縛されるが、そういう問題でもないのだろう。

オレは缶珈琲をゴミ箱に投げ入れると、詩織と並んで帰路についた。

貴重な時間を過ごせた礼はしておくべきだろう。

7

翌日教室に来ると、宣言通りに青葉は登校していた。

そして早速、幽々子に絡まれていた。というか、幽々子が絡まっていた。

「昨日どこ行ってたんスかぁ？　部屋に行ったんスけどいませんでしたよねぇ？」

「……ショッピングですが」

楽しいのを隠すことすらしない幽々子に、青葉は何かを言うまいと抵抗している。

「ほうほう……ところで先輩は？　先輩もいませんでしたねぇ？」

ぐりん、と音がしそうな首の動きで、扉の影で様子を見ていたオレの方を向く。

青葉からは会釈と共に、余計なことは言うなというメッセージ付きの視線が飛んできた。

青葉が気づく程度に小さく頷き、幽々子の問いに答えた。

「ショッピングだ」

青葉は額に手を当て、溜息を吐く。

3秒ほど固まった幽々子は徐々に口角を上げ、ニマ〜と笑みを浮かべた。

「え、それ、つまり！　2人でってことッスよねぇ〜」

恨めしそうな表情の青葉に詰め寄り、楽しさが限界突破したような表情を浮かべる幽々子。

2人の表情は、あまりにも対照的で見ていて面白い。

纏わりついて煽る幽々子にとうとう我慢の限界が来たのか、青葉は机を叩いて立ち上がり、オレを指差して叫んだ。

「この人が勝手に付いてきたんですよ！」

「ほ〜ぅ、でもでもぉ、嫌なら拒否しますよねぇ〜？」

幽々子は青葉の頬にぐりぐりと頭を擦り付ける。もはや頭突きの様相を呈してきた。

青葉の砲声は、絡まってくる蛇……幽々子には聞かなかったようだ。

「じ、事情があったんです」

「年頃のぉ、男女がぁ、2人っきりでぇ、おでかけ！　いいッスよねぇ〜」

「そこら辺にしてやれ」

そろそろ青葉が気の毒になり、声を掛けると今度はこちらに纏わりついてきた。

「ずるいッスよ先輩！　自分が授業中にいねむ……必死こいて授業を真面目に聞いていたっていうのに！　平日に女たらし込んでデートに行くなんてっ！」

既にボロが出まくっているが、本人には改善する気もなさそうだ。

「授業なんぞ聞く必要もないし、青葉にはマスターから許可が出た。問題はないはずだ」

だから肩車の状態で左右に揺れるのはやめて欲しい。脳が揺れる。

「えーでも」

「何がそんなに気に食わないんだ」

「羨ましいッス！　自分もアオちゃん先輩みたいに先輩と――」

「――デートじゃありませんからね」

機先を制する、とばかりに発言を先読みした青葉が幽々子の発言を封じようと動いた。

「授業休んで遊び行きたいッス！」

読みとは違う言葉に、早とちりしたと理解した青葉の顔が赤く染まった。

そんな絶好の隙を逃すほど、幽々子はお人好しではない。

「つまりアオちゃん先輩にはデートっていう自覚があったってことッスね！」

「釣られたな」

「羽黒さんまで……」

更にもう一つ、青葉は自らのミスに気づかなかったらしい。

そんな絶好の隙を見逃すほど以下略。

「……おやおやぁ？　アオちゃん先輩。前まで先輩のこと、頑（かたく）なにフィクサーって呼んでませんでした？　呼び方変えたんスね」

言葉の最後に（笑）が付いていそうな声色だった。

そんなことを言ったらまた怒るか、今度こそ不貞腐れるだろう。

しかし、青葉の反応は芳しくない。

思っていた反応と違ったことは幽々子も疑問に思ったようで、心配するように顔を覗き込むも、幽々子の顔すら視界に入っていないかのように、ジッとどこか一点を見つめている。

「あ、あれ？　アオちゃんせんぱ～い？　だ、大丈夫ッスか？」

やっと動いたかと思うと、その動きはひどく鈍く、唇を指で弄ったり、顔を撫でたり、髪を耳にかけたりと、意味のある行動には見えない。無意識下での仕草だろうか。

まるで、かけられた言葉に脳の処理が追いついていないかのように。

「せ、先輩、どうしましょう？　アオちゃん先輩が壊れたッス」

「どうにかなるのか？　これ」

声をかけてみても反応がなくなった青葉は、ひとまず置いておくとしよう。

「うぃーす」

タイミングよく衣吹が教室に来たので、席につくことにした。

しかし、少し待てど詩織は来ない。

「あ、ついいつもの癖で座っちゃったッスけど、まだちょっと時間あるッス」

「やれやれ、衣吹は時間に正確な奴だと思ってたんだがな」

「5分前に来てなんで呆れられるんだよ」

心底意味が分からないと吐き捨て、鞄を置いて青葉の方を見た。

そして何の気まぐれか、そのまま机に突っ伏すこともせず、席を移動した。

「……で、結局戻って来たのか？」

衣吹が青葉の横に立って、声をかける。

意外な光景だった。青葉のことなど眼中にないと思っていたのだが、衣吹なりの歓迎のようなものだろうか。そういえば学園長室に入るところもしっかり見ていたようだし、今日だけわざわざ5分前に登校したことを考えると、衣吹は衣吹で心配していたのか。

しかし、青葉は反応を示さない。

「んだ？　こいつ、死んでんじゃねぇのか？」

「まだギリ生きてるだろ」

「ギリなんスか？」

わいわいと思考停止の談笑をしていると、青葉が帰ってきた。

「はっ、あれ？　新志さん、いつの間に」

ようやく戻ってきた青葉が周囲を見渡して、変化に驚いている。本当に、心ここにあらずという状況だったらしい。

「あ？　さっき来たとこだけど……こいつ大丈夫か？」

「問題ないだろう。問題があったとしても幽々子のせいだ」

「まじッスか⁉　自分はただアオちゃん先輩揶揄っただけなのに」

実際のところ原因は分からないが、何かショックな出来事でもあったのだろう。

それが原因だとは認めない、とばかりに幽々子は暴れ出したが、特に害はなさそうなので放っておこう。

「はーい、席についてねー……って、槐さんはどうしたのかしら？」

時間ぴったりに、扉の前で待っていた詩織が入室してくる。

そしてなぜか荒れている幽々子を見た後、こっちを向いて指差した。

「あれ、なんとかしなさいよ」

あんたの仕事でしょ、と言わんばかりの表情だ。

詩織に促され、仕方ないかと思いながら幽々子の側に行き、首根っこを摑んだ。

「こうすれば大人しくなる」

「先輩、自分、猫じゃねッス」

「2倍くらいに伸びたな」

「だから、自分、猫じゃねッス」

賑やかな日常は戻ってきた。

衣吹も幽々子もいつも通り。青葉はそんな2人を見て目を細めている。

全て(すべ)の問題が解決したわけではないが、一つずつ進めていくしかないだろう。

「じゃあ全員揃(そろ)ったことだし、ホームルームを始めます」

詩織の号令で席につき、短いホームルームが始まる。

とりあえず、今は青葉が教室に戻って来たことを喜んでおこう。

Au moment où le feu d'artifice s'ouvre. ——花火が開く刹那に——

都内某所にある、完全個室、会員制のバー。【Jeux interdits】。

ここは、やんごとなき方々が、秘密の会合をするために作られたと言っても過言ではない場所であり、あたし、川崎ミカエラも例に漏れず、ある組織からの接触を待っていた。

「君が、ミカエラ川崎か」

「……あら、日本を脱出するための迎えが来るとは聞いていたけど、随分な大物が来たじゃない？　カリーム・アブドゥルマリク」

「何、ちょっとした調査の帰りだ。弟子の成長も見たかったので、付いてきたのだよ」

対面に座った、齢70歳ほどの爺さんは、イラク戦争時、イラクの武装勢力の一つに所属し、イラク側で英雄と呼ばれた狙撃手。

幾人もの特殊部隊員を狙撃し、呼ばれた二つ名が【The desert phantom】だとか。行方を眩ませ、死んだとされていた大物に会うことになるなんてね。

髪は無く、白い髭を蓄えた偉丈夫。よく見ると、右耳がチーズのように欠けていた。

「これか？　ワシを追い詰めた海兵隊のスナイパーにつけられた傷でな。もし、ワシがスコープを必要とする狙撃手であれば、眉間に穴を空けられていたのはワシの方だった」

視界に入ったのは一瞬だったのに、カリームは懐かしむように右耳を撫(な)でた。

さすがは熟練狙撃手。視線には人一倍敏感ね。

察知能力はもはや、思春期の女の子並みだわ。

「乾杯といこうじゃないか。……出会いに」

「出会いに」

キン、とショットグラス鳴らして飲み干す。

久々のアルコールが、体に染み渡っていくのを感じる。

「いやはや、日本は人が多いな。ここに来るだけでちと骨だったぞ」

「今日は花火大会があるからね」

隅田川(すみだがわ)の花火大会。確かに会場周辺は歩くのが困難なほど、人が大勢いる。

どうせ見納めになるだろうし、せっかくなら見ていきたいけど、そんな暇はないかしらね。

「おお、日本の雅(みやび)か。それはぜひ見てみたい」

「余裕があればね」

そう。あたしは追われている。

とても花火を楽しめるほどの余裕はない。

芹水仙(せりすいせん)や部隊の戦友たちは、今頃(いまごろ)血眼になってあたしを探しているだろう。

「それで、なぜイエローアイリスに来ることになったのかね？」

「偶然そっちの工作員と出会って、あたしも困ってたから……成り行き？」

「ほっほ、良い良い。しかし、君ほどのスナイパーが何故今更、特戦群を抜けようと？」

「……国に、その上層部に、嫌気が差しただけよ」

フィンランドでの作戦は、最低だった。

いや、汚れ仕事は今に限った話じゃないけど。もっともな理由をつけて、いかにも自分の利益や保身のためではありません、って面して命令されるのはもう慣れたし。

仕事なら誰だって殺すわよ。でも、罪のない子供と、その母親を殺すのは初めてだった。

本当に必要な作戦だったのかと問えば、当たり前だと返ってくる。

気づけばあたしは、昔家に押しかけてきたロシア人と大して変わらない、最低な人間に成り下がっていた。別に命令を下した国のせいだなんて思ってないけど。

でも、一度疑問を持ってしまえば、国のために引き金を引くことなどできなかった。

「こんな国に、あたしが引き金を引く理由を預けておけない」

「裏の顔がない国など存在せん。ワシらの中には君と同じ思いの連中はゴロゴロといる」

カリームはショットグラスを持ち上げ、笑みを浮かべた。

「歓迎しよう、ミカエラ川崎。ようこそ、イエローアイリスへ」

ショットグラスのウイスキーを互いに飲み干し、話題を切り替える。

「で？　どうやって国を出るの？」

「船だ。ここからボートで海へ出て、港に停泊しているコンテナ船で沖まで出る」

「追っ手はどうするの？　1人、もしかしたら2人、厄介なのがいると思う」

同じ部隊の人なら、なんとなく接近が分かるけど、問題は別部隊の狙撃手の気配を探るために釣りに行った時、ほとんど殺気も出さずに撃ってきた狙撃手。

熟練を感じさせながらも、なぜか外した狙撃手。

その狙撃を外したことによって、狙撃手の輪郭は未だぼやけたままになった。

まるで、2人の人間が混ざっているかのように。

「戦闘になるなら是非もないが、混雑している時間帯に奴らが撃ってくるかどうか」

「確かに、公に撃ち合うようなことは日本では無いけど」

もしかしたら、という疑念もある。

それに、あの子がもし追っ手として来たら、どうしようか。

「心配かね？」

「……何がかしら？」

心を読まれたかのようなタイミングに、つい冷静を装って取り繕ってしまう。

目を合わせると、吸い込まれそうなグレーの瞳に負け、溜息を吐いた。

「まあ心配っちゃ心配だけど、あなたがナイトなら流石に敵に同情するかな」

「心配事はそれではなかろう。話すといい、所詮人は言葉でしか通じ合えぬものよ」

なんか色々と先読みされてる気がするけど、まあいっか。

どうせこれからは、仲間になるわけだし。

「一つ、心残りがあってね」

「ほう。家族か」

「……よく分かったわね」

「伊達にジジイやっとらんからな」

言葉にしなきゃ通じない。それはそうだ。

あたしは昔、その事実から逃げた。

あの子なら分かってくれる。そう思って、あの子を置き去りにした。

「昔はあたしにもいたのよ。友人みたいな、妹みたいな、娘みたいな子がね」

これは懺悔だ。

直接謝罪ができないから、今あったばかりの爺さんに懺悔する。

「将来の夢を聞いたら、強くなりたいと言ったから、あたしの技術を惜しみなく叩き込んだ」

懐かしき日々を思い出しながら。

「あの子は、どんどんと技術を吸収していった」

もう戻ることのできないあの日々に思いを馳せながら。

も気づかずに。

「とても楽しかった。けど、残酷なことをしてしまったとずっと後悔した」

あたしがあの子に選択肢を与えているつもりが、選択の余地を無くしてしまっていたことにも気づかずに。

「狙撃手の技術を無我夢中で教えるあまり、その心構えを教えることを忘れてしまっていた」

結果、妹の忘れ形見を人殺しに育ててしまった。

両親を失い、胸に空虚な穴が空いた子供に、狙撃という手段がすっぽりハマってしまった。

「その後、喧嘩して、それ以上育てるのが怖くなって……逃げた。仕事があると言い訳をして、施設みたいな学園に置いて」

紫蘭学園に、あたしの罪ごと丸投げした。

ずっと後悔していた、あの日の喧嘩を。

少し冷静になって、歩み寄ってやれれば、こんな思いをせずに済んだ。

あの子にも、あんな思いはさせずに済んだ。

自分の不甲斐なさに苛立ち、再びショットグラスのお酒を飲み干す。

「そのスナイパーは……」

「何？」

「そのスナイパーは、お主を殺すことができるスナイパーか？」

この爺さんは何を言い出すのだろう。

話を聞いていた……とは思うけど。

「ワシがスナイパーを育てる時、常にワシを殺すことのできる才能を探す」

頭にハテナを浮かべていると、ゆっくりとカリームも語り出した。

「自分なりの、人を育てる意味を持つことは大事だ」

カリームにとって人を育てる意味は、自分を殺せる狙撃手を育て、殺されること。とでも言いたげね。

「そういう意味なら、あの子には無理かな」

才能はあった。擬態も狙撃も。

ただ一つ、人殺しの才能は無かった。

あの子があの学園で実働部隊になっているのは、射程距離という武器と狙撃時に感じる全能感のおかげ。一度命が危機に晒（さら）されれば、簡単に折れる程度の全能感。

「あの子は優しすぎる。標的に感情移入するタイプだから」

「なら、ワシが狙撃されることも叶（かな）わぬな」

今何をしているのか、詳しくは知らない。

でも、まだ生きていることだけは知っている。

それだけで充分だ。

「ところで、あなたは見つけたの？　自分を殺せる才能とやらは」

「……1人、いた。眩い宝石のような輝きを放つ、ワシが恐怖するほどの才能の持ち主が」

目を見開き、ぎょろぎょろと動かす。興奮しているのかは知らないけど、気味が悪い。

しかし、狙撃の才能の持ち主といえば、それは恐らく、狐さんが拾った子のことだろう。

「ヴァンね。……今は羽黒潤という名前が与えられているようだけど」

「あれは素晴らしい子だ。人を殺すという点において、あれほどの才能は世界でも、ヴァンとジャックくらいだろうな」

大物の口から、さらに大物の人物が語られるなんてね。

ジャック・ル・ルルーシュ。イエローアイリスのオーナーであり、国際指名手配中のテロリスト。彼の二つ名は多々あれど、一番浸透しているのは……。

「ジャック・ザ・リッパーね。あなたから見てどんな人かしら？」

「調子乗り、格好つけ、クソ野郎、好戦的な刃物愛好家、そして何よりも——悪」

「全く全体像が摑めないわね」

「本人に会っても、全体像は摑めんよ。飄々として、何を考えているか分からん奴だ」

まあそういう人は、他にも覚えはあるけどね。

狐さんとか、特に何考えてるか分からないナンバーワン。

「とにかく、しばらく日本に戻ることもあるまいし、雅を楽しむ時間くらいは取れるさ」

「だったらいいけどね」

カリームは立ち上がり、背を向けた。

「ワシの寿命が尽きる前に、狙撃で死んでみたいものよな」

そんな言葉とある場所が書かれたメモを残し、カリームは帰っていった。

「日本も見納めになるだろうし、最後くらい……ね」

最後にショットグラスを一気に呷り、ほぅ、と息を吐いた。

今日はなんとも、酔えない夜だ。

こういう日は、大体死線を潜ることになる。

カリームもなんとなく察して、去り際の言葉を吐いたのだろう。

「今日は花火が上がる。死ぬにはいい日かもしれないわね……」

自分の近くに立てかけたケースを開け【PSG1】に指を這わせながら呟いた。

1

学園の授業が終わり、日も没し始めている放課後のこと。

『川崎ミカエラを見つけた』

そんなメッセージがふうかから届き、急いでオペレーションルームに向かっていた。

「来たか」

「状況は？」

オペレーションルームには、すでに青葉、衣吹、幽々子が揃っていた。

「今のところは動きはない。でも完全に潜伏してるってわけでもないし、恐らく今日にでも日本を出る算段が立ってるんじゃないか？」

ふうかはモニターに街頭カメラの映像を映し出し、それをズームした。

「隅田川花火大会の第一会場から南西にある蔵前橋の下に漁船らしき船が浮かんでる」

さらにズームすると、確かに隠れる気も無さそうな川崎ミカエラが乗っていた。

動く様子は今のところ無いが、ふうかの予測は恐らく当たっている。

今日は花火大会がある。軽く調べた情報では道路や歩道は混雑するが、隅田川が封鎖されることはなさそうなので、川から海に向けて脱出するのだろう。

そのあとは別の船に乗り換えて逃走、といったところか。

「……罠だな」

「はい。間違いないと思います」

呟くと、青葉が肯定する。

わざわざ今日まで逃げ延びた奴が、今になって諦めるはずもない。

「ふうか、カメラの録画を巻き戻せるか？」

「ちょっと待ってろよ～。……はいよ」

カメラは逆再生を始め、映像の中の船も動き始める。

船が桟橋まで戻ると、川崎ミカエラが3人と接触していた。

「ここからじゃ流石にズームしても分かんないし、カメラ切り替えるぞ」

ふうかがカメラを切り替え、その人物たちの真上の視点に映像が替わる。

「この3人は誰だ？」

映っているのは、フードを目深に被（かぶ）っている奴と、金髪の男、そしてハゲの老人。

その姿を目に映した瞬間、背中に嫌な汗が流れるのを感じた。

衣吹の問いに答えたわけではなく、オレはその人物の名前を無意識に呟いていた。

「……カリーム・アブドゥルマリク」

「ヒットした。なになに、イラク戦争の英雄？　ＦＢＩからも指名手配されてるな」

即座に検索したふうかが画面に映したのは、さまざまな情報だ。

そのどれもが誇張なく、本物の実績である。

「先輩、この人、知り合いッスか？」

オレの感情が揺れたのを察知して、幽々子が尋ねてくる。

それに合わせて全員の視線が集まったため、深呼吸してから口に出した。

「オレが出会った中で、最強の狙撃手だ」

この場にいる全員の表情が凍りつく。

言葉にどれほどの説得力があるのかは分からないが、充分すぎる脅威だと認識したようだ。

「先輩がそれ言うって、だいぶやばくないッスか⁉」

「やべーだろうな」

「最強の……狙撃手」

イエローアイリスの狙撃教員。

実践経験も豊富な熟練の狙撃手。

オレもこの狙撃手から多くを学び、育ってきた。

そして、実戦ではもちろん、訓練であっても、一度も勝てたことがない。

「正直言って、正面から戦ってもオレではその命に手が届かないだろう」

場がシンと静まってしまった時、オレの携帯が鳴った。

画面には知らない番号が映っていて、無視しようとも思ったが、このタイミングで関係のない電話がかかってくる可能性も低いかと、電話に出た。

「誰だ」

『川崎ミカエラを見つけたそうだな』

電話の相手は公安警察の千代田(ちよだ)だった。

相変わらず誰だと聞いても名乗らないらしい。

「耳が早いな。どこから聞いているんだ？」

『こちらにも情報網は存在する。さて、まだ質問に対する答えを聞いていないいな』

相変わらず愛想のない奴だ。あっても気持ち悪いだけだが。

「ああ、見つけた」

『今日は絶好のチャンスであり、恐らく最後のチャンスでもある。始末するんだろうな？』

「当然だ。確実に仕留める」

いちいち釘を刺さなくてもやるが、千代田はあくまで慎重になっている。

日本からテロリストを排出するわけにはいかない、とでも思っているのだろう。

『よろしい。この作戦は私たちもモニターさせてもらう。構わないな？』

どうせ断っても覗(のぞ)いてくるのだろうが、わざわざ口に出すのは下手な行動をすれば拘束するぞという脅しだろう。

正直言って、他の事に頭を使う余裕など無い。

カリーム相手に余計な思考を持ち出して勝てるはずも無いからだ。

「好きにしろ」

千代田を適当にあしらい、思考する。

カリームだけでも充分すぎる脅威だというのに、もう2人、場合によっては川崎ミカエラもこの戦いに参戦してくる恐れもある。手が足りない。

「衣吹、幽々子、怪我が治りきっていないところ悪いが、2人にも出てもらう」

「元々そのつもりで来てんだよ、こっちは」

「同じく。体動かさないと、鈍ってしまってしょうがないんスよ」

思った以上のやる気を見せる2人に感謝し、役割を伝える。

「恐らく敵は、スナイパー、スポッター、フランカーのスリーマンセル構成だ」

フランカーとは、スナイパーとスポッターが狙撃に集中している際に周囲への警戒や護衛を行う、いわば警備責任者だ。銃の腕もそれなりにあるだろうが、イエローアイリスの人間だということを考慮するならば、近接戦に警戒すべきだろう。

「今回は川崎ミカエラを狙撃しにくる狙撃手を狩るために、3人バラけるだろう。多角的な目が無い奴らからすれば、それが一番効果的だろうし、川崎ミカエラが狙われていることは分かっているからな」

何よりカリームなら、連れている仲間の実力を信じてそういう手を打ってくるだろう。

「じゃあ各個撃破ってことか?」

「その通りだ。今回川崎ミカエラを狙撃できるポイントは限られている。だからそのポイントを狙撃できる場所に潜伏している可能性は高い」

「……頭こんがらがって来たッス」

確かに言い方が親切ではなかったか。

狙撃戦とは潜伏場所の予想戦だ。この場所にいるからここで待とうという思考も、相手に読まれれば即終了。逆もまた然り。読み合いに読み合いを重ね、読みが浅ければ死に、深読みしすぎても死ぬ。運が良ければ助かるし、敵を殺せる。

賢いのは自分だけではないのだ。思考しているのは自分だけではないのだ。

しかし今、説明するのに難しい言葉はいらないだろう。

幽々子なら、状況を理解させれば自ずと答えを出す。

「つまり、ミカエラは餌、潜伏している3人は釣り人、オレたちが釣られる魚だ」

「なるほど、では魚が釣られる前に、別の方向から釣り人を襲うのが自分たちの役割ッスね」

やはり頭の回転は早いな。

「オレと青葉は脅威が排除できるまで待機だ。ただし、衣吹と幽々子が狙撃で狙われた場合、これに対処する必要が出てくる。その場合、カリームを狙撃するのは青葉の役目だ」

「……っ！　あなたより強い狙撃手を、私がですか」

青葉は深く沈黙する。内心では様々な思考を凝らしているだろう。

「……まあ、これは対処の必要がある場合だ。何事もなければ、オレがカリームを撃つ」

青葉は頷いた。

しかし、カリームなら、間違いなく状況を動かし、幾つもの罠を張ってくるだろう。十中八九、オレは対処に追われることになる。その時は……。

いや、ここで読みを深めても仕方がない。時間も迫っているし、あとは移動中にでも考える方がいいだろう。

「敵の大きさに絶望しても仕方がない、実働A班、各自20分で装備を整えろ」

「はいッス」

「おう」

「……はい」

青葉は歯切れが悪い。他の者も、心配そうにその様子を見ている。

「今更だがよ、こいつ連れてって役に立つのか?」

「っ!」

さすがというか、衣吹は無遠慮に親指で差した。

青葉は歯嚙(が)みするが、言い返せないようだ。

「ああ、連れて行く。文句がある奴は?」

「潤サンが決めたなら文句はねぇが……」

「自分も同じッス」

了承を得て、青葉の方を向く。

自分を落ち着かせるように、何度も深呼吸を繰り返す青葉の肩に手を置いた。

「青葉、お前が必要だ」

「……大丈夫です。連れて行ってください」

大丈夫そうには見えないが、置いて行くことはできない。

肌に刺さるようなひりつく感覚が教えてくれる。

ここより先は死地であると。

オレは恐らく、この作戦で死ぬだろう。

これは狙撃手としての直感。死への危機感が痛いほど警鐘を鳴らす。

だが、逃げることはできない。逃げてもどうせ戦場に引き摺り出されるだろうから。

オレの生死は既にオレがどうこうできることでは無くなった。


その確定事項を覆せるかどうかは、青葉次第だ。

2

作戦エリア近郊は、人通りが多く、かつ車も自由に停車できるほどのスペースが無い。

花火大会があるのだから仕方ないと割り切り、車を作戦エリアから離れた場所に停めた。

「さて作戦の再確認だが、川崎ミカエラだけを狙撃して作戦終了、とはいかない」

道中にも話したことだが、川崎ミカエラを始末するためにはカウンタースナイプのために待機している狙撃手たちを始末する必要がある。

「衣吹と幽々子には、予想した狙撃ポイントを制圧してもらう。その際……」

「銃はできるだけ使うな。だろ？　分かってるって」

「ま、自分はもともと暗殺向きですし、今回は持ってく必要ないッスかね」

サプレッサーを付けていても音は鳴るし、窓に当たって割れたら騒ぎになる。

そんなのはまだいい方で、流れ弾が通行人に当たったら最悪だ。

騒動の大きさが海外の比ではないことは、想像に難くない。

まあ、その程度の練度の人間を連れていくはずもないが。

「射撃規制の解除は花火が始まってからだが、死ぬくらいなら射撃を許可する」

「大丈夫だって。なんとかするからよ」

「そッスよ。心配しすぎッス」

そう簡単になんとかならないから言っているのだが、実際死にかけた2人が言うのであれば
信じよう。肝(きも)に命じているはずだ。イエローアイリスとの戦闘が簡単ではないことを。

「分かった。狙撃援護が必要なら言え。制圧完了の報告があるまで、近くで待機している」

「おう」

「了解ッス」

続いて青葉に目を向ける。

「青葉はオレに付いてこい」

「はい」

状況にもよるだろうが、カリームを狙撃できるのは青葉しかいないとオレは思う。

この数日思っていたことだが、青葉には才能がない。

狙撃の才能ではなく、人を撃つ才能がないのだ。

故に、才能を可視化しているようなカリームの目に青葉は映らず、警戒されていないはずだ。

今夜の作戦でオレにアドバンテージがあるとすれば、青葉の存在と、カリームがオレのことを知りすぎていることだろう。昔は個人主義だったからな。

しかし、青葉のコンディションを考えると難しいどころか、相当な博打になる。

「連れてきた意味は分かってるな？」

青葉は【ＭＳＧ９０】を抱き締めて頷く。

その顔は暗く緊張しているのが見て取れる。

「……答えを焦らなくていいと言った手前、ここに連れてきてしまったことを謝罪しよう」

「いえ、ここに来たのは自分の意思です。その謝罪は受け取りません」

「そうはいかない。オレが無理やり連れてきて命令した。これは事実だ」

「何故そこまで固執するんですか？」

「そうしないと、オレが死んだ時、青葉は後悔するだろう。また撃てなかったと」

「っ！　……それは」

流石に今回も失敗すれば、もう二度と立ち上がれない後悔になる。

オレの死によって奮い立てるならそれでもいいが、そう都合よく行くとは思えない。

青葉はどこにでもいる普通の学生だ。

運悪くこんな仕事をさせられている、普通の少女だ。

「連れてこようが連れてこまいが後悔するのなら、選択できる場所にいた方がいい」

「選択……」

「残酷な選択を強制させたのはオレだ。選択の結果を、その決断を、悔いる必要はない」

正直言って、全部1人でできるならそれが最善だ。

しかし、そうはいかないから衣吹を、幽々子を、ふうかを、青葉を頼る。

それが、昔のオレにはできなかった選択だ。

「最後にふうか、ドローンはしばらく待機」

『りょーかい。また落とされたらたまったもんじゃ無いしな』

「騒ぎになれば奴らも逃げにくくなるから今回は落とされないとは思うが、万が一落とされた時のリスクが前の作戦に比べて大きい」

花火会場付近だと、どこに落ちても誰かに被害は降りかかるだろうしな。

『命令次第でいつでも飛ばせるように準備はしとく』

「頼む」

改めて全員を見て、伝え忘れがないことを確認する。

「何か質問はあるか？」

全員が、準備は万全とは言い難い。

青葉は言わずもがな、衣吹と幽々子も病み上がりだ。

しかし、作戦が始まってしまえば、成功か失敗かの結果しか残らない。

「繰り返すが射撃規制の解除は花火が上がると同時だ。花火の前に狙撃態勢を整えられたのなら、花火と同時に狙撃を開始する」

『射撃規制解除のアラートはボクがやろう』

オレも改めて、覚悟を決める。

最良の手を打ち続けてなお、死する戦場に。

「全員で生きて、作戦後に花火でも眺めようじゃないか」

そんなことを言うと、全員が微妙な顔をした。

「先輩、それフラグッスよ？」

「縁起でもねぇ」

「…………」

なるほど、こういう会話をした後に死ぬというのが、映画などではありがちなジンクスということか。流石に現実には適用されないと思うが。

「悪いがジンクスは信じないタチでな。オレが信じているのは、オレ自身の経験と力、そしてお前たちだけだ」

「似合わないセリフッスね」

「ほっとけ、ほら散れ。状況開始だ」

三手に分かれ、人混みを掻き分けていった。


さて、改めて気を引き締めよう。

3

人混みを掻き分けながら、あーしは予想ポイントへ向かってる。

「肌にひりつく感覚……たまんねぇな」

途中ナンパ目的の野郎に何度か声をかけられたが、全部無視してたどり着いたビルの前で、不意に足が止まった。間違いない。いる。これが直感ってやつか。

バッグの中に隠してた【オックス】をホルスターに仕舞い、気合を入れる。

予想狙撃ポイントの一つに到着したあーしは、一つだけ閉まってた部屋の扉を開けた。

「おや、これはこれは、美しいお嬢さんだ」

そこには、金髪で色白の飄々とした、同い年くらいの男が立っていた。

胸に手を当ててお辞儀までして、紳士の皮を被ったキザヤローって感じ。

体格はあーしと同じくらいで、武器はナイフのみ……いや思い込みはよくねぇな。

履いているカーゴパンツにはなんでも入るだろうし、前腕に巻いてあるベルトに差さるナイフはブラフか？　アームバンドもつけている。何が武器になるかは分からん。

ゆんのマフラーみたいな武器って可能性もあるしな。

「で？　てめーは狙撃手か？」

「何が、で？　なのか分からないけど、違うよ」

ライフルを持ってないアピールなのか、両手をあげてひらひらと振る。

見て取れる余裕。

感じられない殺気。

たまたまここで花火を待っている一般人なのかと思うほどの、違和感の無さ。

それでも、完全に格上だということは分かる。

「一応名乗っておこう。俺はジュリアス・ロジャー。最強の白兵さ」

「……それは嘘っぽいな」

「おいこら。失敬だな君は」

手首のスナップを効かせて指を刺してくる。

鬱陶(うっとう)しいくらいコミカルな動きなのに、あーしの中でグッと警戒心が上がったのを感じた。

「俺はイエローアイリスでも屈指の使い手なんだよね。ここだけの話、あのヴァンとも互角の勝負をして、永遠のライバルなんて呼ばれていたこともあったかな」

「ヴァン？　ヴァンって……」

確か、潤サンのことだよな？　あの人と互角ってコイツ結構ヤバい奴か？

「ああ、事情を知らぬ人に失礼した。自分語りは性みたいなものなんだ、許してくれ」

しかし、イエローアイリスか。つくづく因縁のある相手だなオイ。

「ところで君は何をしに来たんだい？　花火を楽しみに来た……わけでは無さそうだ」

「はっ、イエローアイリスの関係者なら、ぶちのめしても問題ねぇよなァ！」

インカムにも声を乗せて、戦闘開始の口火を切った。

強く踏み込み、雑な大ぶりで右ストレートを繰り出す。

「ぼはッ」

拳(こぶし)は顔面に直撃し、ジュリアスを吹き飛ばした。

「あれ？」

追撃も込みで動きを作っていたのに、意外と決まったな……。

「いい一撃だったよ。うん。レディーにしてはいい拳だ」

だが、立ち上がったジュリアスはケロッとしている。

ジュリアスをよく観察した。

額が赤く変色していることから、額で受けたと考えるのが無難だろうな。

確かにあーしは鼻を殴ったはずだ。

でも実際は、拳は正確に見切られた上で額で受けられた。

「舐めた野郎だ。大したことはねぇと言いたいのか？」

ジュリアスは額を擦って髪を掻きあげ、楽しそうに笑った。

「実際そうだよね。君も気づいているんじゃないかな」

「ああ、随分格上だな。けどいいのか？　舐めプする奴は大体死ぬぜ？」

「――うん。しなやかでいて、よく鍛えられた筋肉だ」

いつの間にか、ジュリアスが背後に立って、腕に指を這わせてきた。

油断？　いや、するわけがない。奴から目も離してない。

「んなろッ」

「反応速度も素晴らしい」

拳を振るうと、再び背後に回られた。

「肌の瑞々しさも実にエレガント」

今度は太ももに、指を這わせる。

撫でられる感覚にゾッとして膝蹴りを放ったが、これも空振った。

だが、今度は動きを目の端で捉えた。

歩法が特殊で、動き出しが早い。

視界を読む技術と、死角に入る動きが合わさり、至近距離だと瞬間移動したように見える。

なんとなく、ゆんに似た動き方だ。

「舐めプなんてしないよ。戦闘とレディーを口説くのはいつも真剣そのものさ」

この軽薄さが、あーしを苛立たせる。

いいや、落ち着け、冷静になれ。

「ベッドの上で可愛がりたいところだが、俺の操はある人に立てているんでね。あの人が僕に振り向いて、心酔してくれるまでは、ご容赦願おうか」

「願い下げだよクソ野郎！」

一直線、最短距離を打つ。

避けられる、それは分かっていたから追撃はしっかりと作る。

攻撃は手数を多めにし、極力大振りはしない。

「うん、やっぱりね」

「あ？」

「最初の一撃、雑な大ぶりも追撃込みで作った動きだったろ？」

読まれてる。ってより、分析か？

「君の恵まれた体格に合わない戦い方だ」

「るっせぇ！」

「ただ体力を削り合うだけの弱小パンチに何の意味がある？」

「ッ」

半歩下がり、後ろ回し蹴りを放った。

「っと、今のはなかなか良かった。でも、もっとだ」

ウゼェ。

再びボクシングのような攻撃を繰り返す。

当たらないことを危惧したかのような攻撃に見せる。

「学ばないね」

左のフックを繰り出した後、右で腹部を狙う。

読まれてる。んなことは分かってる。

腹部を狙った拳を寸前で止めた。

あーしは相手の目だけを見る。

腹部への攻撃も見切って一瞬だけ視線を落としたが、攻撃が止まると視線も戻った。

今。

「ぐっ」

渾身を、叩き込んだ。

「ワンインチパンチか。貪欲……いや、勤勉だね」

「偉そうに講釈垂れながら、打撃もらっちまったなぁ！」

つっても、たかが腹部に叩き込んだ殴打だ。

立ち上がらなくなるような攻撃じゃねぇ。

案の定立ち上がり、今度こそ本気で……。

「ちっがーう！　それじゃあ君の筋肉が活かしきれていない！」

「……は？」

「もっとダイナミックに、全身を使って大きく動くんだ！　外すことを恐れるな！」

「さっきから口だけじゃねぇか！　だったら見せてみろや！」

「……そうだね。レディーを傷つけるのは心が痛むが、仕方ない」

刹那、ジュリアスが目の前まで接近した。

「やばっ」

「こんな」

拳が、鳩尾に深くめり込んだ。

うずくまって背中が曲がると同時、腕が下方に引かれる。

「ふうに」

膝蹴りが顎の下に入り、うずくまった体を強制的に伸ばされる。

「ねッ！」

上段蹴りが首を狙う。

床に叩きつけられ、何メートルか転ばされた。

最後のはガードが間に合わなかったらやばかった。

いや、呼吸もままならねぇし、口の中も血の味でいっぱいだ。

やばい状況なのには変わりない。

「君のさっきまでの戦い方をするなら、ナイフを持つと効果的だよ」

ジュリアスはなおも講釈を垂れてくる。

「細かい動きでも確実に傷は作れる。血を流させることは重要だからね」

前腕のナイフホルダーからナイフを取り出し、くるくると回す。

「でも、君は違う。どちらかというと、銃がメインか、重い一撃で沈めるタイプだ」

ナイフは意思を持っているかのように、空中を漂う。

「追撃を考えるのも結構だけど、それに意識を割きすぎるのはよろしくない」

ジャグリングしながらまだ講釈を垂れてんのか。こいつは。

「外した時のことなど、外した時の刹那で考えればいい」

ナイフをこっちに向けて、指をくいくいと曲げる。

「一度、教えられたことなど全て捨てて、君のイメージで殴りかかってきなよ！」

クソが。簡単に言いやがる。

……あ、あの時のならいけるか？

あーしは中庭でのことを思い出していた。

潤サンも対素手や刃物なら、と考えていた。

試してみるかと、構えた。

「ははッ、そう、それだ。まるでファランクス！　槍と盾を構えた重装歩兵だ！」

左腕は体の前面で盾のように、右腕は突き出さんとする槍のように。

「少しは俺も、楽しめそうだ」

構えが変わったからといって、急に自分が強くなったり、弱くなったりするわけがない。

これは準備だ。

絶対に当てたい1発に繫げるための準備。

「『第2ラウンドだ』」

ジュリアスが正面から急迫する。

あの妙な歩法は接近していないと意味が無いから当然だ。

強烈な床を踏む音がして、ナイフが振り下ろされる。

左腕一本で外側にいなし、右腕で最短を打ち抜く。

が、ジュリアスはいなされた勢いをそのままに、柄（え）の頭で遠心力を乗せて裏拳を放つ。

なんとか首を傾けて躱（かわ）すが、追撃の回し蹴りを腰に入れられた。

「うっ」

苦悶（くもん）を漏らしながらも足を振り抜かせないように踏ん張り、再度拳を打ち切った。

「んっ！　やるね」

脇腹（わきばら）にモロに入れたけど、間合いを取られた。

「流石に何度かもらうとヤバそうだ」

「来いよ！　そんなに欲しいならもっとくれてやるからよォ！」

「しかもなんかハイになってるし」

引いているジュリアスに迫り、頭、腹、足へ三連突き。

半歩下がって躱される。

もう間合い見切られてんな。

大きく一歩踏み込み、正拳突き。

それをジュリアスは右に横っ飛びして躱した。

「っぶな！」

ん？　なんかさっきから気になるな。

不安定な体勢のうちに追撃したが、これも転がって回避される。

即座に体勢を立て直したジュリアスが詰めてくる。

基礎がしっかりしてる奴の素早いナイフ捌き(さば)きだ。

下がりながらなんとか躱し、一度間合いを大きく取って構えた。

そろそろ頃合(ころあ)いか。そんな思考の直後だった。

「君、うちに来ない？」

「は？」

突然、ジュリアスがそんなことを口走った。

「今はまだまだ荒削りだけど、もっと強くなれるよ」

聞く気も起きねーな。

「今みたいに雁字搦(がんじがら)めの制約ありで任務してたって、いずれ国に使い潰(つぶ)されるだけだよ」

あーしは構えを解いて耳を掻いた。

「もっと自由に戦える場所に行くべきだ。こんな国でこそこそしなくてもいいじゃないか」

指についたゴミを息で吹き飛ばす。

「今が自由じゃねーって根拠は？」

「銃なんて便利で効率のいい暴力装置持ってて使わないんだもん。充分根拠でしょ」

腰のホルスターに収まってるオックスを見ながら指摘してくる。

「……！　ああ、そりゃそうだな」

「だったら」

「けど、乗れねぇな」

再び構える。話は終わりだと言うより効果的な敵対方法だ。

「悪いけど、これ以上は手加減しないよ？　いずれ強敵になるなら早いうちに潰す」

あーしを勧誘するためにあんな舐めプしてたってことか。

「わりーけど、あーしが付いていく奴はもう決めてんだ」

親指を下に向けて、挑発の笑みを浮かべる。

「潰すってんなら、やってみろよ」

ジュリアスが急迫した。

肌がひりつく。明らかに殺しにきてる。

いいじゃん。やっぱ戦闘はこうでなきゃな。

突き出してきたナイフの持ち手を左手で受け止める。

だが、読んでいたと言わんばかりにナイフを別の手にパスし、刺しにくる。

右腕でもう一方の持ち手も摑み、顎に膝蹴りを入れた。

ここだ。

体勢が不充分の頭部に、後ろ回し蹴りを最速で放った。

「がっ」

「うげっ、これに反応すんのかよ」

渾身の回し蹴りは横っ飛びで回避された。

「ペッ、膝蹴りがなければ食らっていたかもね、あの回し蹴り」

蹴り技を隠しながら戦ってたのになぁ。

これでもうデカイ攻撃は入らないか。

「蹴り技の方が得意なんだけどな。躱されるとは」

でも、やっぱりだ。

こいつ、咄嗟に回避する時は右に避ける癖がある。

「いやぁ、いいものを見せてもらったよ」

もう決着は着いたとばかりに手を広げて戯けてる。

実際、このまま戦えばもうあーしに勝ち目はないだろう。

蹴りを当てられなかった時点で勝ち目は消えたしな。

「だから、俺ももう一回ぐらい見せようか」

耳元で囁かれた。

「ッ！」

回避も防御も反撃も間に合わず、鳩尾に受けた強い衝撃だけを感じた。

「カハッ」
肺から空気が逃げる。
胃液なのか、変な味が口に広がる。
やべッ、意識飛ぶかも……。
あとちょっと、耐えろよッ。
唇を噛み、痛みで思考をクリアにする。
……連携しろ、か。
その通りだったよ、潤サン。
あーし１人では、今の実力では押し切れない。
だったら、拘るな。
ただ殺せ。
「察せよ！」
ホルスターからオックスを引き抜き、引き金に指をかけた。
「撃つの⁉」
引き金を絞る直前に、案の定、ジュリアスは回避行動を取った。
癖の通り、右に。
残念ながら、オックスは空撃ちだ。弾は込めていない。

「は?」

間の抜けた声と共に、ジュリアスの肩に深々とナイフが突き刺さった。

4

自分が行った予想狙撃ポイントはハズレだったッス。

時を同じくして、インカムからブキ先輩が接敵したと知り、カバーに急いだ。

「ねぇ君1人?　かわいいね!　一緒に花火見ない?」

「お、いいところに」

なんか声をかけてきたアクセサリーいっぱいの男の人を踏み台に跳躍し、窓からビルに入った。不法侵入だけど、怒られないッスよね。多分。

さて、侵入したはいいッスけど、どこにいるんスかね?

探索していると、とある部屋で戦闘音が聞こえた。

「見っけ。……でもあの人、強いッスね」

太ももからナイフを抜き、背後を狙おうとして、思い留まる。

先輩には避けられた。

この事実が、自分を必要以上に慎重にした。

「頭上からなら、どうッスかね」

戦闘中の部屋には入らず、別の部屋から天井裏(てんじょう)を渡り、上をとった。

そっと天井裏へ通じる扉を外し、状況を確認する。

「真下に来て、尚且つ動きが止まらないと厳しそうッス」

あ、ブキ先輩がマトモなのくらったッス。

流石に今から入り口に戻る時間は無い。

かといって焦って出ていっても、正面からでは勝てないのは目に見えている。

「ナイフ、投げるッスか……？」

今の余裕がある敵に投げても、多分躱される。

銃を置いてきたのが悔やまれるッス。くそう。

一度出て、ブキ先輩の回復の時間を稼ぎつつ連携に持ち込むか……？

いや、流石に初撃当てないと、連携組む前にやられかねないッス。

あああああぁぁぁ、もう！　行くしか無い！

天井裏から上半身だけ出して、ナイフを投げようとした時。

「察せよ！」

突然、ブキ先輩が声を張り上げたと同時、オックスを抜いた。

意図を察し、自分は動きを止めて再び天井裏に隠れる。

男は回避行動を取り、自分の真下に来た。

「ここまで、計算しての行動ッスかね」

だとしたら、戦い方がなんか先輩みたいッス。

天井裏から即座に飛び降りて、ナイフを肩に深々と突き刺した。

「は？」

頭部狙いだったのに、避けられたッス！

でも、反応速度オバケみたいな先輩よりは劣るようで、無傷とはいかない。

「1発で仕留めろよ」

「無茶言わんでくださいッス」

「ニンジャ……！　いつの間に天井に」

「今さっき来たとこッス」

おっと、ついデートの定番みたいなセリフが。

即死を免れはしたが、ダメージは大きいはず。

深々とナイフが刺さった左肩からは、血がどくどくと溢(あふ)れている。

「まだいけますか？」

「なめんな。余裕だ」

そッスか。見た目は満身創痍(そうい)って感じなんスけどね。

「じゃ、最後のひと押し、お付き合い下さいッス」

「しゃーねーな。合わせろよ」

改めて男を観察する。

左腕をだらんとしていて、満足には動かせない様子。

出血も相当で、既にダメージを隠し切れていない。

それでも不用意に飛び込めば死ぬという直感はある。

「流石に、手段を選ばず本気で殺るしか無いかな」

そんなことを呟いて、右手を大きく振り回した。

「——は？」

無意識に反射反応が働いた後も、何をされたのか分からなかった。

気づけば肩が裂けていた。

「やっぱあのアームバンド、怪しかったんだよな」

「今の、見えたんスか？」

「チラッとな」

ブキ先輩の目は少し虚ろになっている気がした。いや、集中しているだけッスかね。

一種のゾーンに入ったような状態。

「見えたのか。やるね」

男が腕の動きを止めると、さっきまで腕に巻かれていたアームバンドが、細いワイヤーに繋がれた爪のような形状のクローナイフに変形していた。

変形したっていうより、腕に巻いてたものをアームバンドで隠してたって感じですかね。

「簡単に言えば、鎖鎌ってことッスよね。キツイなぁ」

遠心力とナイフの小ささのせいで、視認がかなり困難だ。油断なんて少しもしてないのに、肩にかすったのがいい証拠。避けるのはほとんど不可能ッスね。

しかもそれだけじゃない。闇に紛れるような色と、人の死角を熟知した立ち回りが面倒。前に出ようとすると、風を切り裂く音が聞こえ、後ろに下がってしまう。

「このまま持久戦でも勝てるッスかね？」

「ジュリアスが勝手に死んでくれるならありがてぇが、そうもいかねぇだろ」

へぇ、あの人ジュリアスって名前なんスね。まあどうでもいいッスけど。

ともあれこのままという訳にはいかない。

あの武器、切れ味はいいッスけど、刃が短いせいか深い傷にはならないと思う。

でも攻撃され続けると手が出せない。

んむぅ……やるしかないか。

「先輩、あれ、自分が止めます」

「なんか思いついたか？」

「まあ任せてくださいッス」

「……なら任せた。どう動いても対応してやんよ」

「ではお言葉に甘えて」

同時に走り出した。

クローナイフは飛んでくるだろうけど、正確な位置なんか分からない。

でも、音とジュリアスの体の動きで、方向と大体のタイミングは分かる。

だから、マフラーの端を摑み、無造作に投げた。

特注のマフラーは防弾、防刃性能を備え、暗殺に使うためのワイヤーなども仕込んでいる。

貫通しても、そう簡単に切り裂けるものではないッス。

「捕まえたッス」

クローナイフはマフラーにキャッチされるように刺さり、抜けないでいる。

今は綱引きの状態。

力では到底敵わないッスけど、ブキ先輩が突っ込む時間くらいは稼げるッス。

「上出来！」

ブキ先輩が近接戦で殴り合いに行くと、ジュリアスはクローナイフを離した。

肩の負傷が響いているのか、ブキ先輩が押している状況。

自分はすぐにマフラーを回収し、ブキ先輩の体に隠れるように死角に入った。

「やばいなぁ……」

ジュリアスは死の危機に瀕しても、他人事のように呟いた。

ブキ先輩の前蹴りがモロに入ったと同時、ジュリアスの背後に回った。

ジュリアスの首にマフラーを引っ掛け、自分の背中を支点に背負い投げの要領で投げた。

受け身は取られたが、既に満身創痍。

……のはず。

刹那、ジュリアスの姿がブレた。

「へ？」

いつの間にか自分の背後に移動し、髪を摑まれる。

そのまま勢いよく地面に叩きつけられた。

ブキ先輩の攻撃もするりと躱され、鳩尾に肘鉄を食らい、膝から崩れていた。

自分はすぐに立ち上がって、ナイフを投げるが、躱される。

太ももからもう一本取り出し、正面からナイフを突き出す。

当然、ジュリアスは対応し切るだろう。

「させねぇよ」

立ち上がったブキ先輩に、羽交い締めにされなければ。

左胸部、肋骨の隙間を抜い、心臓に深々と突き刺した。

「美少女2人がかりッスよ、幸せ者ッスね」

「ガフッ……」

血に濡(ぬ)れた手で、ナイフを引き抜こうと自分の腕を摑んでくる。

力を込めてナイフをグッと握ると、悟ったように笑みを浮かべて自分の頬(ほお)を撫でた。

「ああ、こんな美少女に殺されるなら、悪くないかな」

仰向(あおむ)きに倒れ、息を切らしている。

顔色はどんどんと悪くなり、今にも命が終わろうとしている。

「ああ、ダチュラさん……結局、君に振り向いてもらうことは、叶わなかったわけだ」

「……会えんじゃねぇか。地獄でな」

「ッ！　まさか、彼女を……」

「殺したのは、お前の言うヴァンだよ」

「……!?　あの、クソ野郎！　2人の、弟みたいな面して！　仲良くしておいて！　脱柵してまで、俺から全てを奪い……やがったのか！　クソ、野郎！　クソ野郎がぁぁぁぁッ！」

掠(かす)れた声で呪詛(じゅそ)を垂れ、涙を流している。

致命傷の攻撃を受けても、死を受け入れて笑っていた人とは思えない。

本当に人が変わったみたいだ。

ジュリアスは最後の力で、ポケットから黄色の液体が入った注射器を取り出し、首に刺した。

「なら最後くらい、貴様の大切なものを壊してやるぞ！　ヴァン！」

なんかやばい雰囲気ッスね。

逃げた方が……いや、逃げれるか？

「パーティ会場はここか？　お嬢さんたち？」

自分が必死に脳を回していると、凜とした、でも場違いそうな声が聞こえた。

いつの間にか、扉の方に女の人が立っていた。

見る人が見ればすぐに分かる、最強の〝女兵士〟特殊作戦群の現隊長。

「「芹水仙⁉」」

3人がハモった。

自分とブキ先輩は驚愕を、ジュリアスは驚愕と焦燥を浮かべている。

彼女は、目の前の敵など眼中にないと言わんばかりに、右手に持つストックの無いショットガン【M870ブリーチャー】で肩を叩きながら、ズカズカと部屋に入ってきた。

その無防備を突くように、ジュリアスが走り出した。

もはや人とは思えぬ速度に、声を出す間も無く、芹水仙に攻撃を——

「よっ、と」

そんな軽い掛け声と共に、ジュリアスの体が浮いた。

腹を蹴り上げたのだ、目に見えないような速さと威力で。

攻撃も不意打ちも正確に見切り、その上で強力な蹴りを合わせた。

そして、迷わずM870の銃口を向け、

「あ、まだ撃ったらダメなのか」

と言ったと同時、M870のグリップを両手で握り、脳天に振り下ろした。

人体から出るとは思えない音に、思わず「うえっ」と声が出た。

その戦闘を瞬殺と表現するのに、一切の逡巡はなかったッス。

「これが、芹水仙」

「……ひょっとしてこの人、先輩より強いッスか？」

「多分な。……噛み付く気すら起きねぇよ」

そんなブキ先輩の表情は犬歯を剝いて笑っている。

今にも噛みつきそうなほどに。

「油断するな！」

緩んだ空気を感じ取ったのか、芹水仙から鋭い喝が飛んだ。

地に倒れ、動けるような体でもなければ出血量も夥しいジュリアスは、まだ動いていた。

頭蓋骨が陥没しながらも、ズボンのポケットを漁っている。

未だ例のブースタードラッグの効果は残っているらしい。

「まだ、まだァッ！」

再び注射器を腕に刺した途端、全身の傷から大量の血液が噴き出した。

血圧が上がったのか、凄(すさ)まじい速度で凄まじい量の血を放出し、そのまま生き絶えた。

もう、まともな判断はできていなかったのだろう。

それほどまでのダチュラって人への愛、もはや狂気ッスね。

「怖いなぁ」

「だな。あれでも起き上がってきたらと思うとなぁ」

ブキ先輩は同意したが、自分は全く違う意味で「怖い」と呟いていた。

自分にも起こりうる気がしてならない。そんな怖さだ。

「……死んだか。よし、掃除屋には私が連絡しておく。お前たちは残りを消しに行け」

そういえば、まだ敵はいましたね。つい終わった雰囲気出しましたけど。

ブキ先輩もすぐに飛び出すつもりッスね。

「行きましょうか」

「ああ。じゃ、次の地点の確認しとく」

「お願いします。自分はナイフの回収を――」

そう言ってしゃがんだ時だった。

窓が割れ、部屋の壁が一部爆(は)ぜた。

何が起きたのか理解する前に、自分は叫んでいた。

「狙撃！」

幸い、弾が飛んできた方向は分かっている。

即座に自分とブキ先輩、そして芹さんも遮蔽(しゃへい)に隠れ、様子を窺(うかが)う。

偶然しゃがんでなければ死んでいたと、恐怖する時間すら惜しい。

「場所は分かるッスか⁉」

「分かるわけねぇ！　サプ付きだ！」

芹さんの方を向くと、スマホを取り出し遮蔽から覗かせた。

刹那、手からスマホが弾(はじ)かれ、穴を開けて飛んでいった。

「向かいのビルの屋上だ」

今の一瞬で把握するこの人もこの人ッスけど、あの一瞬でスマホを撃ち抜く狙撃手の技量もやばい。多分扉にたどり着く前に体のどこかを撃ち抜かれる。

「これだからスナイパーは嫌いなんだ」

「どうします？」

「坊ちゃんに対処させろ。聞いているんだろう？」

坊ちゃん……？　ってまさか……。

『分かった分かった。ふうか、ドローンで場所を特定してくれ』

インカムから先輩の声が聞こえた。やっぱり坊ちゃんって先輩のことッスか。

先輩も容認してるような感じですし、どういう関係なんすかね？

『捕捉した。場所は送信したが、行けるか？』

『ああ、すぐに向かう』

インカムでは先輩とふうか先輩が狙撃手を排除する算段を立てている。

「先輩！　こっちは大丈夫ッス！　ひゃ！」

近くの床が爆(は)ぜる。既に場所は押さえられて、手が出せなくなっていた。

「消音性能スゲーし、ＶＳＳとかだろ」

「ッスね。弾が音速を超えてる音は聞こえねッス」

通常、ライフル弾を使用すれば音速を超えたことによるショックウェーブが発生する。

ブキ先輩が言った【ＶＳＳ】という銃のように、専用の亜音速弾を使用している銃ではそれが無く、発砲時の発火(マズルフラッシュ)も抑えられるため、居場所がバレにくいというのが強みだ。

「ボディアーマーで相殺できると思うか？」

「いやぁ……やめといた方がいいんじゃないッスかね。さっき、しゃがんでなかったら多分ヘッドショットでしたし」

いくら不規則に動こうが、初速の遅い亜音速弾という弾の性質上、あまり遠くから精密射撃は難しいため、それなりに近い所にいる。避け続けるのは困難ッス。

血の気の多いブキ先輩を諌(いさ)め、どうしようかと考える。

「おとなしくしていろ」

『衣吹、幽々子、そこで待機だ』

芹さんも先輩も同じことを言う。

先輩に至っては、こっちの答えが出る前に、動き出してしまったらしい。

「ま、命令も出たし待機するか」

「しゃーないッスね。……あ、花火もうちょいじゃないッスか？」

先輩は何を言っても止まらないだろう。

自分たちは何もできない。一歩外に出れば、そこは狙撃手たちの射程だから。

先輩を援護できるのは、アオちゃん先輩だけなんスけどね……。

5

衣吹と幽々子を狙う狙撃手を撃つために、ビルの屋上に来た。

しかし、敵がここから狙ってくれと言わんばかりの場所にいたのが気になる。

オレが今いる位置はおそらく、敵の射程内だ。

「釣られたか」

だが、やることは変わらない。

今のところは殺気も感じないし、何事もなければそれでいい。

眼下には花火を待ち望む人たちで溢れており、ここまで喧騒が聞こえてきていた。

「……違うな。なんの音だ?」

喧騒がここまで聞こえてきているのかと思ったが、少し様子がおかしいことに気づいた。

会話などではなく、もっと規則的な音だ。

周囲を探索すると、ノイズを鳴らし続ける無線機を見つけた。

『来たか、ヴァン。いいや、今は羽黒潤という名だったか?』

無線越しではあるが、ノイズの混じった声には聞き覚えがある。

無線を手に取って通話ボタンを押した。

「その声はカリームか。元気そうだな」

『たった今、元気になったよ。これほど滾(たぎ)る夜はイラク戦争以来だ』

狙撃が生き甲斐になっている男が元気になったということは、ここは既に射程範囲内か。

それどころか、オレがここに来ること自体を読まれていたということになる。

衣吹と幽々子を助けに来ることすら読んで。

「よくオレがここに来ることが分かったな」

『お前は行動理念が昔から変わらん。仲間を助けるために、自分の危険を顧みず、一番の近道を選ぶ。悪い癖だ』

「……そうか？　オレとしてはかなり変わったと思うんだが」

全く自覚はなかったし、思い当たる節もない。

昔からということは、間違いなくイエローアイリスにいた頃の話だろうが、それこそ仲間を助けるという選択肢などなかったはずだ。そう命令されていない限りは。

「心当たりがないな」

『ローズとダチュラを救ったことがあっただろう。初任務の時だ』

……ああ、そういえばそんなこともあった。

苦い記憶だったから無意識に記憶を封印していたが、今思うと確かにあれは危険を冒して助けたと言える行為か。

「結果的にそうなっただけだ」

『そうだな。結果的には任務も成功し、2人も無事だった。だが、事前のブリーフィングで立てた作戦を無視したことで、ローズにもダチュラにも叱られていたのを知っているぞ』

「嫌な記憶だ」

その日の夜、罰と称して襲われたのは今でもトラウマになっている。

最善を突き詰めて動くという点において、確かにオレは昔と変わらない。

だが、行動理念は確実に変わっている。

「悪いが、やはり同じではない」

『ほう？』

目的も変わってはいるが、それは重要ではない。

重要なのは理由だ。

「昔のオレと今のオレを比較しない方がいい」

あの頃とは根本的に違う〝引き金を引く理由〟は、カリームには知り得ない。

「オレのことをよく知っているあんただからこそ――」

それは致命的なミス。そして修正しようのない、どうしようもない事象。

だからこそ、確信を込めて言った。


「――死ぬぞ」


そう、オレのことをよく知っているからこそ、昔のオレを重ね、人の手を借りないと思っている。そういう信頼を築けぬものと思っている。

それこそが隙。まともにやりあえば、勝ち目は極めて薄いだろう。

だが、カリームからすれば脅威になり得ない狙撃手であるが故に、その存在には気づかない。

『ウハハ、なら見せてみろヴァン。……いや、羽黒潤』

カリームは楽しそうに、絶対の自信をもって笑い飛ばした。

刹那、しつこく纏わりつくような嫌な浮遊感に襲われた。

本気で狙撃態勢に入ったようだ。

『ワシのスタイルは知っているだろう？　撃った瞬間の敵を撃つ。君は撃たなければ助かるが、その代わり助けようとしている2人が死ぬ。芹水仙でさえ、五体満足では済まない』

カリームは狙撃の達人である。特にカウンタースナイプや側面射撃で本領を発揮する。

理由は、射撃時は足を止める者が多いから。

狙撃は動く相手に当てるのが難しいが、立ち止まったり、動いていない相手に当てるのはさほど難しくない。射撃訓練と同じことをやればいいだけなのだから。

しかもカリームは、狙撃にスコープを使用しない。アイアンサイトのみでも、５００ｍ以内なら鼻唄交じりに軽くこなす。

そんなことは不可能と断じる者も多くいるだろう。

それでも、アイアンサイトで狙撃をやってのけるのが【砂漠の幽鬼】だ。

だからこそ、先ほどの言葉も驕り(おご)ではなく、ただ事実を述べているだけだと理解できる。

『さて、今際(いまわ)の際だ、羽黒潤。君の選択を見せてもらおうか』

「いいだろう、これがオレの選択だ」

無線機を踏み潰し、バイポットを立て、ＰＧＭ. ３３８を構える。

「これより、狙撃体勢に入る」

狙うべき標的は、使用しているであろう銃に関係なく、いとも容易く見つかった。

瞬時に弾道計算を終え、照準を合わせる。

オレが悠長にしているのは、ある意味カリームに対する信頼だ。

カリームがオレのことを知っているように、オレもカリームのことを知っている。

弾が飛んでくるのは、オレが狙撃した直後かほぼ同時だろう。予想ではなく、確定事項だ。

オレのように、心境に変化がある可能性は著しく低い。

それが奴の、狙撃手としての確固たる自信に繋がる、絶対なる〝経験〟だから。

「死ぬなら狙撃で、とあんたはずっと言っていたな」

たった今からその願いを叶えてやろう。

オレの狙撃ではないことが、残念でならないがな。

6

『これより、狙撃体勢に入る』

インカムからそんな声が聞こえた。

出発前に羽黒さんから聞いていた、標的カリームの情報。

信じがたい情報ばかりだったけど、疑う余地はない。

羽黒さんは、致命的な嘘は吐かない人だ。

「私に、できるでしょうか」

この戦場にいるのは、熟練の狙撃手たち。

私は場違い。明らかに経験不足。

そんなことは分かっている。

「羽黒さんを救えるのは私しかいない。でも……」

手が震えて止まらない。

足が重くて進めない。

視界にモヤがかかったように、前が見えない。

こんな私にどうしろと。

なぜあの人は、こんな私を信じられる？

どうして信じてくれる？

人を殺す。前まで軽く跨いでいたその壁は、私が思い描いていたより大きかったらしい。

「ほんと、今更ですね」

今まで撃てていたのが不思議だ。

あの頃と何が違うのか。

死に行く人の心を想像し、引き金を引く指が震えること。

明確に死を予見したことが、足を止めていること。

今まで殺してきた人たちの怨嗟が、視界を覆うこと。

「やっぱり、私には……できませんっ！」

『青葉、聞こえているか』

突然、インカムから声が聞こえた。

『返事はいらない。ただ、これだけは言っておこうと思ってな』

羽黒さんは淡々と、されど楽しげに言葉を紡いでいた。

『この間のショッピングは、オレも楽しかった。いい1日だった』

私の頭の中を、その日の出来事が駆け巡った。

『オレは常に、いつ死んでもいいように、人生に後悔は残さないように気をつけている』

そんなこと、私も同じ。

……いや、違う。私は死を受け入れることなどできない。

だからこそ、撃てないのだから。

『この間のこともそうだ。後悔にならずに、いい思い出になった』

でも、この人は違う。

羽黒さんの口から出る言葉には説得力がある。

本当に、死ぬ気でこの戦場に立っている。
『ありがとう』
気づけば、手の震えが止まり、拳を強く握っていた。
気づけば、足の重さは消え、走り出していた。
気づけば、視界を覆う怨嗟は消え、晴れ渡っていた。
『そして――さよならだ』
いやだ。その言葉だけは口にしないで。
私はもっと、あなたと……あなたに……。
『射撃規制解除、１分前』
走る。
その言葉を、その別れの言葉を現実にしてなるものか。
あの日、親から聞けなかった言葉。
あの日、ミカエラが言わずに出て行った言葉を。
今、羽黒さんは残して死ぬ気だ。
『射撃規制解除、30秒前』
千宮（せんのみや）さんが紡ぐカウントを、羽黒さんの最期の時間にしてたまるか。
「絶対に救う！　私はもう後悔したくない！」

両親の時は、後悔すらできなかった。

ミカエラの時は、後悔しても遅かった。

もう、後悔はしたくない。

「私は、絶対に！」


私は私の中に、明確な〝引き金を引く理由〟を作ることができた。


狙撃地点に到着し、ギターケースを開ける。

もう一度、力を貸して。

ＭＳＧ９０を手に取り、構える。サプレッサーを付けている時間すら惜しい。

——釣りであろうと何であろうと、こちらが正常である以上、当てれば終わりだ。

羽黒さんは言った。それはそうだ。

熟練の狙撃手が正常である以上、羽黒さんは新志(しんし)さんと槐(えんじゅ)さんを救い、そして死ぬだろう。

相手の狙撃手を正常でなくすのは、私の役目。

私にしか、あの人は救えない。

集中しよう。

私はもう、二度と迷わない。

集中……。
羽黒さんのためならば、引き金を引ける。
……。
羽黒さんが、私が引き金を引く理由だ。
「ふふっ、私らしくなくて良いのだ。
そう、私らしくない」
私が私であるために。
二度と迷わないために。
私は……羽黒潤さん。あなたのために。
『5秒前だ』
インカムから、千宮さんの声が聞こえ、引き金に指をかける。
スコープに、建物の屋上で伏せている人影を捕捉した。
『射撃規制――』
花火の尾が伸び始める。
様々な狙撃の計算式が脳を駆け巡る。
「今日は、今日だけは、何キロ先でも、外す気がしませんね」
私は笑っていた。

あの日、狩りを教えてもらったあの時のような純粋な笑顔。
されど、笑顔の意味は全く違う。
私はこの一射に、全てを乗せる。
これが世界に対する、私の答えだ。
『——解除だ』

夜空に、花火が咲いた。
刹那、３つの銃声がほぼ同時に響いたことだろう。
発射された直後、私は自分の銃声に驚いた。
それほどに集中していた。
確認できるのは私の銃弾の行方だけ。
私の銃弾は、あの人でさえ届かないと言わせしめた人を……。

確実に、捉えた。

「……ヘッド、ショット」

一呼吸の後、無意識にそう呟いていた。

「ッ！　羽黒さんはっ⁉」

気づけば大声を出していた。

私は、あの人を守れたのでしょうか。

それとも……。

嫌なことを考えそうになった時、インカムから声が聞こえた。

『見なくても分かる。良い狙撃だ。おかげで今日も死にそびれた』

私は、胸がいっぱいになった。

少しは成長できたでしょうか。

あの人の役に立てたでしょうか。

いいや、まだまだだ。

でも、いつか隣に立ちたい。

全てを任せてもらえるほどに。

それほどまでに、成長してみせる。

羽黒さんに、振り向いてもらうために。


それだけが、私の〝引き金を引く理由〟でいい。


『まだ最後の仕事がある。分かっているな？』

「はい。もう、迷いは有りません」

『では、所定の位置で合流しよう』

……行きましょう。


「了解」

夜空に満開の花が咲き乱れる中、私はギターケースを持って歩いた。

人混みを掻き分ける。

花火を見上げて笑みを咲かせる人を。

互いの想いを告白し合うカップルを。

今日だけの特別な日常を楽しんでいる人を。

私は、そんな人々の間を抜けて、狙撃地点へと向かう。

１秒でも早く、会いたい人がいるから。

7

花火が夜空を彩る中、オレは最後の狙撃地点に着いた。

狙撃地点は奇しくも、カリームが潜伏していた場所だったようだ。

ちなみにカリームが放ったであろう弾丸は、オレの1m手前でコンクリートに飲まれた。

あの人ほどの熟練の狙撃手が、弾道計算を間違うはずがない。

オレという標的を外した理由が、傍らの死体を見て改めて分かった。

引き金を引く間際に、即死したからだ。

「カリーム、あんたには随分と世話になった」

遺体収納袋に亡骸を入れ、一緒にカリームの銃、スコープの付いていない骨董品のような古い愛銃【M1891／30】から改修された【モシン・ナガン】を手に取る。

ボルトを引くと、薬室から薬莢が飛び出してくる。弾を全て取り出してから、一緒に遺体収納袋に入れ、ジッパーを閉じた。

「…………」

空を見上げると、夜空には満開の花が音を立てて咲いていた。

「あんたほどの狙撃手は未だ知らないが、オレも自分を狙撃できるほどの逸材を見つけたんだ」

昔は聞き流していた、狙撃手を育てるためのコツみたいなものだ。

自分を狙撃できる才能を探せと、口酸っぱく言われてきた。

「景色は良すぎるが、火薬の音には変わらない。あんたには、いいレクイエムだろうな」

狙撃に生き、狙撃に死んだ男を胸に刻みながら、花火を見上げて黙禱（もくとう）を捧げる。

……さて、切り替えよう。最後の仕上げが残っている。

視線の先、花火を見上げていたらまず目に入らない、花火会場の下流、蔵前橋の影に浮かぶ漁船。そこに、川崎ミカエラはいるはずだ。

「青葉が来るまでもう少しかかるだろうから……」

数分後、カンカンと階段を登ってくる音が聞こえた。

思ったより早かったようだ。勢いよく屋上のドアが開く。

「はぁ、はぁ、はぁ……遅れて、すみません」

「いいや、むしろ早かったな」

「はぁ、はぁ、そうでしょうか」

乱れた前髪を丁寧に直し、心臓の鼓動を抑えるように胸に手を当てている。

走ってきたせいか、少し顔が赤い。

「とりあえず呼吸を整えておけ。ライフルはオレが準備しよう」

「はい、ありがとうございます」

汗をかいていた青葉は髪を結び、ポニーテールにした。

青葉のギターケースからMSG90を取り出し、動作を確認してバイポットを立てる。

「先に言っておくが、無理そうであればオレが撃つぞ」

「いえ、私がケジメをつけます。迷いは有りません」

「そうか、なら任せよう」

「はい！」

青葉とプローンの伏射姿勢で並ぶ。

オレも【PGM．338】のバイポットを立てて、スコープを覗く。

「方位と距離は必要か？」

「問題ありません。捕捉しました」

スコープ越しに見る川崎ミカエラは、花火を見上げて微笑んでいた。

照らされる顔に陰りはなく、清々(すがすが)しさすら感じる。

まるで、この後の出来事が全て分かっているかのように。

その表情を、青葉も見ているだろう。だが、動作に迷いはない。

熟練と呼んでも過言ではない洗練された無駄のない動きで、弾道計算を済ませて照準した。

最後に、青葉は伸ばしていた人差し指を折り曲げ、引き金に指をかける。

ふっ、と一度息を吐き、深呼吸をする。

息を止めて、一拍後。


「——撃ちます」


言葉はなかったが、気迫に呼応するように、そう聞こえた気がした。

花火に紛れ、掠れた射撃音が響く。

「ヒット。ハートショット」

弾丸は正確に心臓を貫いたと報告する。

少しの硬直の後、青葉は大きく息を吐き、緊張を解いた。

「……っ、失礼しました。確認を——」

再びスコープを覗き、死体を確認しようとした青葉のスコープの視界を手で遮(さえぎ)る。

「大丈夫だ。いい狙撃だった」

「あ、ありがとう……ございます」

礼を言われる筋合いはない。これは気遣いなどではないのだから。

ともあれ、オレは観測を続ける。

「川に落ちた。芹水仙、確認を——」

刹那、蔵前橋の下で大きな水柱が立った。

「ふうか、何があったか分かるか？」

『川の中で爆発(ばくはつ)を確認した。Ｃ４じゃないか？』

「ほんの少しの命の猶予を使って、川の中で爆発物を起動したか」

想定内と言えば想定内ではある。

『これ、作戦完遂でいいのか？』

川崎ミカエラが消息不明扱いになるんじゃないかという心配だろう。

だが、心臓を撃ち抜かれた人間は死ぬ。これは抗(あらが)えない事実だ。

それでも敢(あ)えて、ふうかの疑問符を取り払うために言葉にして答えた。

「そもそも回収は芹水仙の仕事だ。公安もこの作戦を盗み見ていることだし、遺体を回収できずとも、船に付着した血液から川崎ミカエラの死亡を確認するだろう」

「そう、ですか」

青葉は疲れ切った表情で、ふらふらと立ち上がる。

今回の狙撃は、特に神経を削っただろう。

「作戦終了だ。お疲れ様」

インカムで全員に伝える。

歓声など無い。

それぞれがどういった感情で、オレの言葉を聞いたかは分からない。
少なくとも、隣に座る青葉の表情に曇りはない。
それで充分だ。
「オレたちは花火が終わった1時間後に帰投する。文句は言わせせん」
『仕事はちゃんとこなしたんだ。私はさっさと帰る。君たちの監視も外しておこう』
『だとさ。いいんじゃないか？　せっかくなら楽しめ、日本の雅をな』
作戦を監視していた千代田も撤収した。
ふうかは多分ドローンを学園に戻しているだろう。
衣吹と幽々子は……同じ空を見ていると思う。
オレはふらふらと歩いて行く青葉を座らせて、肩に寄り掛からせる。
「……ありがとうございます」
青葉がふと、礼を言ってきた。
「何に対してかは知らないが、受け取っておこう」
オレはオレにできることをしただけ。
青葉は自分で恐怖を克服し、オレを救い、ミカエラを撃った。
その選択には、大いなる葛藤があっただろう。
それでも青葉は選択したのだ。

一番辛(つら)く、一番成長しうる道を。

青葉から向けられる信頼に、オレは応(こた)えていかなければならない。

でも、今は——。

盛大に打ち上げられる、何万発もの壮大な花火を楽しむとしよう。

Après la pluie, le beau temps. ——雨が止んだ後は、吉報が訪れる——

作戦の3日後。

書類仕事に忙殺されそうになったが、なんとか乗り切って教室へと向かう。

天気予報では晴れと言っていたが、外は雨が降っていた。

教室では青葉が、いつものように幽々子に絡まれていた。

「でぇ？　先輩と2人っきりで見た花火はどうでしたかぁ？」

「この話何回目ですか？　もう覚えていませんが」

「それはそれは、先輩の横顔を見つめるのに集中しすぎて、花火のことなんか眼中になかったってことッスよねぇ？」

「……そんなわけないじゃないですか」

早口で顔を背けて否定する青葉の姿は、幽々子から見れば垂涎のおもちゃだったのだろう。

「いや～ん、可愛いッスねぇ～。なでなでしてあげるッスよ、アオちゃん先輩」

否定しても、手を払っても、幽々子が猫可愛がりするせいで、抵抗せずただむくれるだけの人形と化していた。

もはやどっちが先輩か分からない。

「うぃ〜す……またやってんのかよ」

「ブキ先輩もどうッスか？」

「もう時間だし」

衣吹が時計を見上げて、席につく。

しかし、いつもならほぼ同時に来る詩織は姿を見せない。

「あれ？　先生遅いッスね？」

オレは立ち上がって教壇に立った。

「全員集まったな」

「どしたんスか？　急に」

全員が視線を向ける中、当然の疑問をぶつけてきたのは幽々子だった。

「今日は１人、紹介したい人がいる」

「なんか、結婚相手の報告みたいッスね」

「けっ……!?」

「A班に追加でも出たんじゃねぇの」

「……ま、まあ、それが妥当ですね。はい」

どこか歯切れの悪い青葉を置いて、先ほどから扉の前に立っている人物に声をかける。

「入れ」

ガラっと扉を開けて入ってきたのは、大人の女性だ。

ブロンドの髪を短く切り揃え、右目には眼帯をつけている、〝新任〟の教師。

しかし、この教室の誰もが、彼女のことを知っている。

「え⁉」

「嘘だろ⁉」

「…………っ！」

幽々子はキョトンとし、衣吹は一筋の汗を垂らして笑い、青葉は脳の処理が追いついていないようで瞳が収縮している。三者三様の反応に、オレは満足した。

雨が上がり、窓から日の光が差し込んだのを確認しながら、次を促す。

「自己紹介を」

「えっと……実働A班観測手兼、紫蘭学園の狙撃教員として招かれた……」

その人物はわざとらしく言葉を区切り、照れ笑いを浮かべて言った。

「桜ケ平ミカエラよ。よろしく」

死んだはずの人物が、そこに確かに立っていた。

1

川崎ミカエラ改め、桜ヶ平ミカエラが学園に来る2日前。

つまりは花火大会の翌日のこと。

未だ日も上がらぬ時間から、オレは車で隅田川の下流にある万年橋通りの辺りにいた。

「上がってこい。他には誰もいないし、監視カメラにも見られない」

誰もいない場所に声をかけると、何かが這い上がってくる水音だけが聞こえた。

息を切らし、顔色も悪いミカエラが歩いてくる。体力はもう限界か。

「……よくここだって分かったわね」

「逃げ方の癖は頭に叩き込んだからな。積もる話は後だ、まずは乗れ」

車の後部座席に乗せ、毛布とタオル、それとコンビニで適当に買った栄養食とドリンクも一緒に渡す。

「はぁ、暖か」

運転席に乗ると、熱気が肌に纏わりつく。

ミカエラの状態を予測し、予め暖房をかけていたのだが、日が昇る前とはいえ真夏にこれは少々堪えるな。早く学園に帰ろう。

「ねぇ、さっきの質問の続きだけど」

「ミカエラ生存時の逃走ルートは予測を立てていた。プロファイルの通りで助かった」

「生意気ね」

溜息を吐き出し、ゼリー飲料を口に含んだ。

「傷は大丈夫か？　狙撃が掠っただろう？」

「んぅ？　ああ、完全に止血はできなかったけど、なんとかなったわ」

ふむ、やはり腐っても特戦群。一般の軍人とは鍛え方が違うな。

「川に落ちてから約10時間、川に浸かりっぱなしだっただろう？」

普通なら低体温症で死んでいてもおかしく無い。

それに、青葉に撃たれた傷が原因となって水中で失血死してもおかしくは無かった。

生きていたのは日頃の鍛錬と、生きるための希望があったからに他ならない。

「流石は特戦群の隊員といったところか」

「まあ、これくらいはね。今の隊長のしごきに比べたら100倍マシだから。傷がなきゃ紫蘭学園まで泳いでってもよかったんだけどね」

やったことはないいし、やろうとも思わないが、不可能ではない……か？

特戦群の人間はプロのアスリートと比肩しても遜色ない実力を持っているのだろう。

各個人がオリンピックに出場し、金メダルを獲得できるほどと聞いたことがある。真偽は知らないが、全員ではなくとも、何人かはそういう人間がいてもおかしくはない。

「……ねぇ、もしかして、最初からあたしを生かす気だったのかしら？」

「急だな」

「だって、用意周到すぎない？　最初の一発も外したのあなたでしょう？」

「あの時か。少なくともオレは殺す気でいた。そもそもお前を救ったのは青葉だ」

ミカエラは驚いた表情を浮かべた後、柔らかく笑った。

「あら……命令違反かぁ、大丈夫だったの？」

「なんとかなった」

「そう、よかったわ」

バックミラーを確認すると、ミカエラがうとうとと船を漕ぎ始めた。

流石に気が緩んだか、体力の限界か、その両方か。

どちらにせよ、質問はマスターからもされるのだから、今ここでミカエラに答えていくだけ二度手間になる。寝ていてくれた方がこちらとしては助かるのだがな。

「……もう寝ていろ。どうせマスターの前で報告することになる」

声をかけると、ミカエラは毛布を深く被って横になった。

「最後に一つだけいい？」

「なんだ？」

しかし、寝る前に声をかけられ、つい返事をしてしまう。

まあ、最後の一つくらい構わないが。

「今回のこと……もしかして、特定の誰かのためだったりする？」

とある答えを期待して、もしくは答えが分かっていてこんな質問を投げかけてきたのだろう。

しかし、ミカエラの期待通りの答えは出せない。

オレはオレのため、そしてマスターの夢のために行動したに過ぎない。

「何が言いたいのかは知らんが、オレが特定の個人に肩入れするとすれば、マスターだけだ」

「ふっ、素直じゃないわね。そういうところは……まだまだ、ガキね」

高速に乗ると同時に、ミカエラは眠りに落ちた。

体力も限界だったのだろう。

穏やかな寝息を立てるミカエラをバックミラー越しに見て、溜息（ためいき）を吐（つ）く。

「また仕事に忙殺されそうだな。生存を嗅ぎつかれる前に新しい戸籍を用意しないとな」

新しい経歴、住所、その他川崎ミカエラを判別するものの消去は……既に芹水仙（せりすいせん）が滞りなく行っているだろう。他にもその後の身の振り方など、色々と決めていかなければならない。

名前だけは……もう確保しているがな。

2

昨日1日中養生した次の日、学園赴任の1日前。

ミカエラを伴って、学園長室に赴いた。アポは取っている。

時間通りに学園長室に入ると、マスターと一緒に予想外の人物がいた。

「来たか」

「ご苦労さん」

予想外の人物、芹水仙はソファに座りながら、視線を向けずに言った。

マスターに視線を送ると、大丈夫だと頷き、続いて着席を促す。

「さて、改めて川崎ミカエラ及び、イエローアイリス構成員3名の始末、ご苦労だった」

「ああ」

川崎ミカエラの名前を強調するように労ってくれた。

どちらかというと、芹水仙への牽制の意味合いの方が大きいだろう。

「心配しなくても、もう私がどうこうできる話じゃなくなっている。戸籍も別人だからな。ここに来たのは、ただ答え合わせがしたかったからだ」

「答え合わせだと?」

「なぜミカエラが生きて……あー、この女性がこの学園に配属されたのか」

律儀に言い直したのは、本当にどうこうできる話じゃないと証明するためだろう。

マスターが同席を許している以上、偽りはないはずだ。

オレも芹水仙の素直さに微かな面白さを感じ、話すことにした。

作戦中、オレが考えていたことを。

「と言っても、どこから話そうか」

「なら質問する。どこからミカエラを生かすつもりだった？」

マスターからの質問に、それ言っていいのか、と恐らく全員が思ったが、会話に支障が出るくらいならもういいだろうと諦めた。

公安が聞いているわけでもあるまいし。

「青葉がカリームの狙撃に成功した時だ」

「そんな直前でか？」

芹水仙が驚いたように声を上げた。

これは本当だ。オレは本気でミカエラを狙撃するつもりでいた。だが……。

「あの時点で、イエローアイリスの構成員は全員死んだ。この国から出られる算段も無くなったのなら、次にミカエラが頼るのはわざわざ狙撃を外した組織だろう？」

「あたしが頼らないとは思わなかったの？」

「いいや。お前は他者依存の強い人間だ。狙撃前のプロファイルでの印象でしかないが、青葉の過去を聞いて確信した。青葉との暮らしを捨てたのも、突き放されたと勘違いしたからだ」

根源は分からないが、青葉と暮らしていた時、ミカエラの依存先は青葉だった。

突き放されたと感じて青葉と別れ、特戦群に戻った時の依存先が、国の上層部。

芹水仙の言うフィンランドでのゴタゴタの内容は知らないが、国に不信感を抱く切っ掛けとなったのだろう。

そして日本に戻ったミカエラは、イエローアイリスの人間と出会った。

狙(ねら)ってか、それとも偶然かは知る必要もない。

「あの時点で、接触しないという選択肢はお前には無かったはずだ」

「確かに無かったけど、他者依存か……」

自分では気づいていなかったのだろう。無意識に他者に依存していたという事実を。

一つ一つ思い出すように、指折り数え、最後に溜息を吐いた。

「そもそも、どうやってミカエラとコンタクトを取った？」

「オレがカリームの無線を使って、狙撃前に独り言を言っただけだ。無線の周波数を拾われている可能性を考慮し、分かりにくく、手短にな」

「委(ゆだ)ねろ。意味分からないし、事実狙撃が失敗した瞬間に、意図をなんとな～く察せたわけですし、ほんとギリギリでしたよ。カリームたちが仕掛けた目眩(くら)まし用の爆薬があって助かったけど、普通逃げられないからね？」

カリームの亡骸を回収した後のことだ。

青葉が来るまでの間にその言葉だけを残し、狙撃した。ミカエラなら意図を察してくれるだろうという他人任せではあったが、オレからすれば、むしろ意図を察して生き残る道を模索できないような狙撃手が、これまで生きることができた方が疑問だというだけ。

オレもミカエラも、直感的に、この時はまだ敵同士である互いを信じたのだ。

「ではなぜ、ミカエラはその組織がうちだと分かったんだ？」

「大方、カリームとの無線で相手がオレだと知ったからだろ？」

「そう、その通り。羽黒潤が狐さんと一緒に紫蘭学園に左遷されたのは知ってたから」

類いまれな情報収集能力と、臨機応変な行動力があってこそ、生存に繋がったというわけか。

今回はほとんどがこちらの思惑通りに動いたことも含め、運が大きく作用していることは否めない。しかし、やれるだけのことはやったし、人事を尽くして天命を待った結果ということにしておこう。

「今思えば後手後手の作戦だったが、事前に準備すれば公安か芹水仙が察していただろう」

「だろうな」

今回に限っては、事前の準備がないことが成功の鍵の一つだったと言っても過言ではない。まあそれこそ結果論ではあるし、事前の準備が整っていればスマートに遂行できていたというのも事実。

「ところで、青葉とかいうお嬢ちゃんがカリームの狙撃に失敗していたらどうしていた？」

「どうもこうもない。オレは死んでいた。それで終わりだ」

あっけらかんと言う。実際その可能性は高かった。

「でも、青葉が狙撃を成功させるって確信があったんでしょう？」

「いいや、全く」

「はぁ⁉　じゃあんた死ぬ気だったの⁉」

毛頭死ぬ気はなかったが、死んだらその時だとは思っていた。

強いて言うならギャンブルだ。出目の調整などしようも無いギャンブル。

「オレは青葉という可能性に命を賭けた。それだけだ」

「賭けに勝ち、お嬢ちゃんは狙撃を成功させて、カリームは死んだ。今更結果論をいくら並べても事実は揺るがない。終わりよければばってやつか……」

「そういうことだ。オレがここで生きていること、それだけが事実だ」

本来ギャンブルを組み込むのは策略として二流以下だろうが、勝ったのならそれが最善。

敢えてこの報告でギャンブルの要素があったと言う必要はないが、ここで報告することによって自分の中に深く刻み、次はもっと注意深く行うと誓うのだ。

戒めるという意味で、この場は最適なのだから。

「でも、あのカリームを、あの子がね……」

感慨深く、ミカエラが呟いた。

狙撃手にとって、カリームという名は尊敬と畏怖を集める名だ。

それを17歳の少女が狙撃したと言っても多くの者は信じないだろう。

あの瞬間だけは、オレを含むほとんどの狙撃手を凌駕したと言っても過言ではない。

「決意の表れかは知らないが、ミカエラを狙撃する時の青葉の集中には目を見張るものがあった。恐らく射程限界ギリギリであっても、正確に狙撃できるほど集中していた」

「あなたの話を聞く限り、青葉はゾーンに入ってたと思うんだけど、なんで外したの？」

「簡単だ。青葉のライフルを準備した時にスコープの調整を少しだけ弄ったからだ」

緻密な弾道計算。

ガンスミスによる射手の癖にすら合わせた完璧な調整。

それがあって初めて狙撃は成功する。

どちらかが少しでも狂えば、弾道は大きくズレる。

つまり、スコープのノブを動かしたことで、着弾位置が変わったのだ。

「その後に観測手であるオレがヒットコールをして、青葉に見せないように配慮すれば、表向き狙撃は成功だ。作戦を聞いていた奴らも、信じてくれたみたいだしな」

正直、実際に外すかどうかは賭けの部分も大きかった。

そもそも青葉のライフルをオレが触れなければ、偽装など不可能だっただろうし、ほんの僅かな違和感を覚えていたら、修正して命中させていたかもしれない。

正に人事を尽くして天命を待つ、といったところか。

ミカエラは、狙撃手に必要不可欠な〝運〟を持ち合わせていたのだ。

「呆れた」

ミカエラは言葉通りに呆れたように笑った。呆れ方も青葉に似ているな。

「狐さんなら、もっと完璧にやったでしょう。でも、未来を見たかのような悍ましい感覚はあった。身震いするほどのとても懐かしい感覚よ」

マスターに少しでも近づけたのなら、これほど嬉しい言葉はないな。

「報告はだいたい終わりだが、立場的にお前は大丈夫なのか？　芹水仙」

「してやられた私と千代田が悪い。この件に関しては私が責任を持って死亡確認にしておいた。千代田も気づかないだろうし、気づいたところでもう遅い。書類上は既に別人だからな。君もそう思うだろう？」

「ええ、そうね。と言っても、なんのことやらさっぱり分かんない。あたしはここに配属になったばかりの、新人教師だし」

「そうだったな」

芹水仙は満足そうに笑みを浮かべ、オレの肩を叩いた。

「しかし、成長したな。潤」

初めて、芹水仙がオレを名前で呼んだ。

「正直、お前が自分で考え、行動していたこと自体が誤算だった。私は本気でミカエラを始末するつもりだったからな」

日本には居場所はなく、イエローアイリスに身を寄せることが分かっているなら、その判断は正しいだろう。

でもオレはミカエラはこちら側に引き入れた方が、諸々考えると得だと思った。

「これが今回のオレの正義だった。それだけだ」

「そもそも戦いとは、悪人と悪人の正義の押し付け合い。そう教えたのは私だったな」

戦いに参加したこと自体が悪。

誰かが誰かに石を投げた瞬間、その渦中に善人などどこにも存在しない。

強いて言うなら、その渦中で起こっていることを知らない人間だけが善人。

それが芹水仙の考え方だ。

「しかし、ここまで綺麗に騙せたのが不思議だ」

「私は、川崎ミカエラを生かす気なら狐が動くと思って警戒し続けていたんだ。それに……」

つまりオレのことなど眼中になかった。

しかしこれに落ち込む要素などなく、その事実に気づいた時、オレの背にも鳥肌が立った。

オレに警戒が向かないように、既に仕掛けをしていたという事実に。

「久しぶりに再会した時、狐はお前がまだ暗示の渦中にいると言っていたが……」

「ああ。あの時には解けていた」

「ということは、その時の何気ない会話の中にすら、ブラフを仕込んでたわけだ」

オレと芹水仙は同時にマスターを見る。

マスターは椅子に深く座って腕を組みながら笑った。

「偶然だ」

「食えない奴め」

本心を読めないのが本当に恐ろしい。

あの時、オレを制してまで暗示の渦中にいると言ったのだから、偶然な訳がない。

この人は一体、どこまで見えているんだ。

「そうだ、最後に聞いておくが、潤。千代田が弾痕を見つけていたらどうするつもりだ？」

徐に芹水仙に言われ、固まった。

「それは……確かにそうか」

現場に血痕が残っているとはいえ、証拠がそれだけとは限らない。

今回は死体の回収及び、船に残った血痕の採取を芹水仙が行ったから良かったものの、警察の捜査力ならば弾痕を見つけ、そこから弾道解析をし直すくらいはするかもしれない。

これはミスだ。

バレた時の対応も考えなければ。

「それについては私が対応している。弾頭を回収し、壁の穴は埋めさせた。川の中に入っていてもおかしく無い角度だ。偽装は必要ないだろう」

マスターが感情の読み取れない抑揚の声で述べた。

「流石に抜かりは無いようだな」

芹水仙は懐かしむように目を細めたが、オレの心はそう穏やかではない。

自分1人で事後処理まで終わらせるつもりでいたが、結局マスターの手を煩わせてしまった。

反省しよう、次は無いと、心に刻もう。

「気にするな。お前はまだまだ発展途上だ。尻は拭いてやるのが私の務めだ」

「甘やかすな。次は無い、くらい言ってくれ」

「甘やかした方が貴様は反省するだろう？」

「………………」

図星を突かれて黙ってしまった。

確かに厳しく突き放されることには慣れすぎているので、甘やかされることに慣れていないオレはこういう対応をされると困る。

「そ、それにしても、狐さんが左遷されてて助かりましたよ、こんな言い方は不謹慎かもしれませんけど、これもあたしの運ってことで」

気まずい雰囲気に耐えきれなくなったのか、ミカエラは必要以上に明るく言った。

マスターには敬語なのか、と思ったが、マスターが現役だった頃に特戦群にいたのなら納得するしかないな。

「気にするな、私にも目的があったからな」

「その目的のための犠牲者が私か。隊長なぞ面倒な仕事を押し付けられたんだからな」

「済まないが、諦めろ。私とお前の仲だ」

マスターも芹水仙も口許に笑みを浮かべている。２人だけの時間というやつだろうか。

では今のうちにオレとミカエラの要件も済ませておくか。

「ミカエラ、これを」

書類を手渡し、開けと促す。

それは、戸籍や過去の経歴書、つまりは新しい人生の始まり、今まで世界にいなかった新しい人間の創造だ。ある意味ではこれが人造人間といえるだろう。

ミカエラは経歴を読み進めることもせず、ある一点をジッと見つめ、ついには涙を流し始めた。それは、なんてことはない名前の欄。彼女の新たな名前に涙したのだ。

そんな様子に気づいた芹水仙が書類を覗き、マスターにも見せる。

「小洒落たことをするようになったじゃないか」

芹水仙は愉快に笑った。

マスターも声には出さないが、笑みを浮かべている。

しかし、やはり反省は必要だな。

次は手抜かりなく、完璧にこなすために、失敗を心に刻もう。

「……自信持ちなさい。今はあなたが、あたしたちのボスなんだから。フィクサー」

オレの内心を察してか、ミカエラに背中を押される。

「ああ、善処しよう」

ミカエラの言葉に、改めて気を引き締める。

そう、オレはフィクサーだ。もっと大切な選択肢を間違えないよう、心に刻む。

「明日、ホームルームでお前のことを紹介することになる。それまで、できるだけ見つからないようにしてくれ」

「……？　ああ、サプラ～イズってやつね。粋(いき)じゃない」

この日の報告は終わり、オレは改めてミカエラに手を差し出した。

「これからよろしく頼む。桜ヶ平ミカエラ」

「ええ、こちらこそ。ボス」

こうして、桜ヶ平ミカエラは、紫蘭学園へと赴任した。

3

時を戻し、ホームルームの時間。

「桜ヶ平ミカエラよ。よろしく」

3人は驚愕（きょうがく）していたが、徐々に平静を取り戻していった。

「よろしくッス、槐（えんじゅ）幽々子ッス！」

「あー……新志（しんし）衣吹」

テンションに差が出ているが、衣吹は自分から名前を言うだけ進歩したか？

しかしただ1人、爆（は）ぜた感情の波が未だ処理仕切れていないのが1名。

青葉は立ち上がったまま手を振るわせ、時間が経（た）つにつれ徐々に顔を赤く染めていき。

「っ！」

ついには感極まって涙を溢（こぼ）し始めた。

「あらあら、あたしの娘は随分泣き虫なのね」

ミカエラの胸に抱かれ、なおさら涙が引かなくなったようだ。

「私は、あの時の言葉をずっと……後悔していました」

「あたしもよ。お互い、子供だったみたい。ごめんね。今まで、よく頑張ったわね」

歳（とし）相応……いや、少々幼児退行していそうな気もするが、すぐにいつもの青葉に戻るだろう。

「うわぁ、アオちゃん先輩、頭の中ぐっちゃぐちゃでしょうね」

今回は一歩引いて青葉を見ている幽々子が、寂しくなったのか衣吹の方へと寄っていった。

「ま、普通はそうだな。死んだと思ってた人間が生きてて、それがたった1人の肉親ときたら、流石にあーしでも感情が迷子になる」

衣吹の感情が迷子になるシーンの想像がつかないが、本人がそう言うならそうなのだろう。

オレはいつもの教室の風景に、色が一つ追加されたのを俯瞰していた。

自分の選択が正解だったのか不正解だったのかなど知る由もないが、今この瞬間に満足しているのなら、それがオレにとっての最良なのだろう。

「オレも少しは成長したか？」

あの世という場所があっても、そこから生きている人間を見守ることができたとしても、かつての義姉と師はオレのことなど見てはいないだろうが、問いかけてみる。

当然、答えなど返ってくるはずもない。

……だが、今は答えを返してくれる人がいる。

スマホが震えた。相変わらず、オレの思考を読んだかのようなタイミングで。

「感動の再会を果たしたところで悪いが、マスターから招集だ。ミカエラは一緒に来い」

「ええ、今行くわ」

泣きじゃくる青葉に言い聞かせるように、いくつか言葉を交わして最後に頭を撫でた。

こうして見ると、本当に親子にしか見えない。

邪魔するものではないと思い、催促せずに廊下に出て、足を学園長室に向けた。

程なくしてミカエラが追いついてきて、背を叩いてきた。

「なんだ？」

「いや？　何でもないわよ」

その表情には感謝と安堵と、ほんの少しの涙が乗っていた。

「一つだけ、良いですか？」

廊下まで追いかけてきた青葉に振り向き「なんだ？」と言った。

「なぜ彼女を、桜ヶ平という姓にしたんですか？」

「それは……」

戸籍を新しく作る必要があったからだが、オレの感情が入ったのは否めない。

2人が、過去から現在までを同じ思いで過ごしていたから。

青葉は母や姉のようだと語り、片やミカエラは娘や妹のように思っていたそうだ。

気を遣った結果などではなく、ただそうしてやることが自然だと思ったまでであり、敢えて言葉にするのなら……。

「偶然だ」

これに尽きる。

「ふふっ、そうですか。素直ではありませんね」

「何？　あんた照れてんの？　案外可愛いとこあんじゃない」

しかし、青葉もミカエラもオレの真意など無視し、笑いかける。

他人の解釈を曲げようとは思わないので、特に訂正する意味もないだろうが微妙に腹が立つ。

「うるさい。さっさと行くぞ。マスターを待たせるわけにはいかない」

「はいはい」

「いってらっしゃい」

なぜか母娘に見送られるような形になり、さっさと前を歩くと、ミカエラは追従してきた。

背中に向けられた青葉の視線は、廊下の角を曲がるまで消えなかった。

Épilogue d'Aoba. ――桜ヶ平青葉の決心――

今日は、人生で一番感情が揺さぶられた日だったのではないかと思う。

死んだと、私が殺したと思っていた人が生きていたのだから。

それは喜ばしい生存報告で、私にとってはこれ以上ない吉報だった。

全く集中できなかった授業が終わり、感情を整理するために、私は灯台へと足を向ける。

強く吹く潮風に心地良さを覚えながら、いつもの場所まで行くと、先客がいた。

「っ！　……羽黒さん」

この距離なら聞こえるくらいの声の大きさだったにもかかわらず、彼は肘を背もたれにかけてもたれかかるように座ったまま動かない。

「……寝てる」

羽黒さんは目を閉じて、穏やかな寝息を立てていた。

この強風の中で眠れるのはさすがだと思いつつ、隣にそっと腰掛ける。

「ありがとうございました」

返事が返ってこないと知りながら、声をかけてみた。

まるで世界に2人しかいないように錯覚し、鳴り止まない鼓動がより強く響くのを感じる。

この人の隣は、なんでこんなに落ち着くのだろうか。

落ち着いていてなお、なんでこんなに緊張するのか。

狙撃の時も、この人の声が私を奮い立たせ、隣にいた時には懐かしい全能感すら味わえた。

どうしてこんなにも、この人の、羽黒さんのことが、頭から離れないのだろう。

頭が、心が、どうしようもないほどに、羽黒さんに支配されている。

「……あぁ、そういうことですか」

自分の感情に合点がいった。

もう、隠せないのですね。

どれだけ繕おうと、どれだけ目を背けようと。


私は、もう、自覚してしまった。


目撃者はいないけれど、夕方で良かったと思う。

きっと私の顔は、夕日に負けないくらい真っ赤だから。

青い葉が時を経て紅く紅葉するように、私も抵抗できずに染まってしまう。

もう気づいてしまった私の感情に、歯止めは利かない。

「寝たままのあなたに言うのは、卑怯な気がしてなりませんが……」
私はこの気持ちに、嘘を吐くことができない。
でも面と向かって、直接言う勇気が出るかも怪しい。
だから……。
「今はまだ、これが私の精一杯です」
今のうちに、これだけは言っておこうと思った。
言葉に出しておきたかった。
一度深呼吸し、さながら作戦時の狙撃のように心を落ち着かせた。
幼い頃に知った、白いナツミカンのもう一つの花言葉が叶うことを願いながら。
私は溢れ出る想い一つ一つをゆっくりと噛み締めた。
風に揺られ、穏やかに眠る彼との間を詰める。
私はもう、後悔したくはないから。

溢れる感情に、

万感の思いを込めて、

数多読み込んだ言葉を、

幾度も私を憧れさせた言葉を、

生涯使うことはないだろうと思っていた言葉を、

初めて抱いた感情を乗せて、

彼の耳許に近づき、

人生で初めて、

その言葉を口にした。

「――羽黒潤さん。あなたのことが、大好きです」

最重要機密書類
CONFIDENTIAL

紫蘭学園在籍生徒

桜ヶ平　青葉
Sakuragahira Aoba

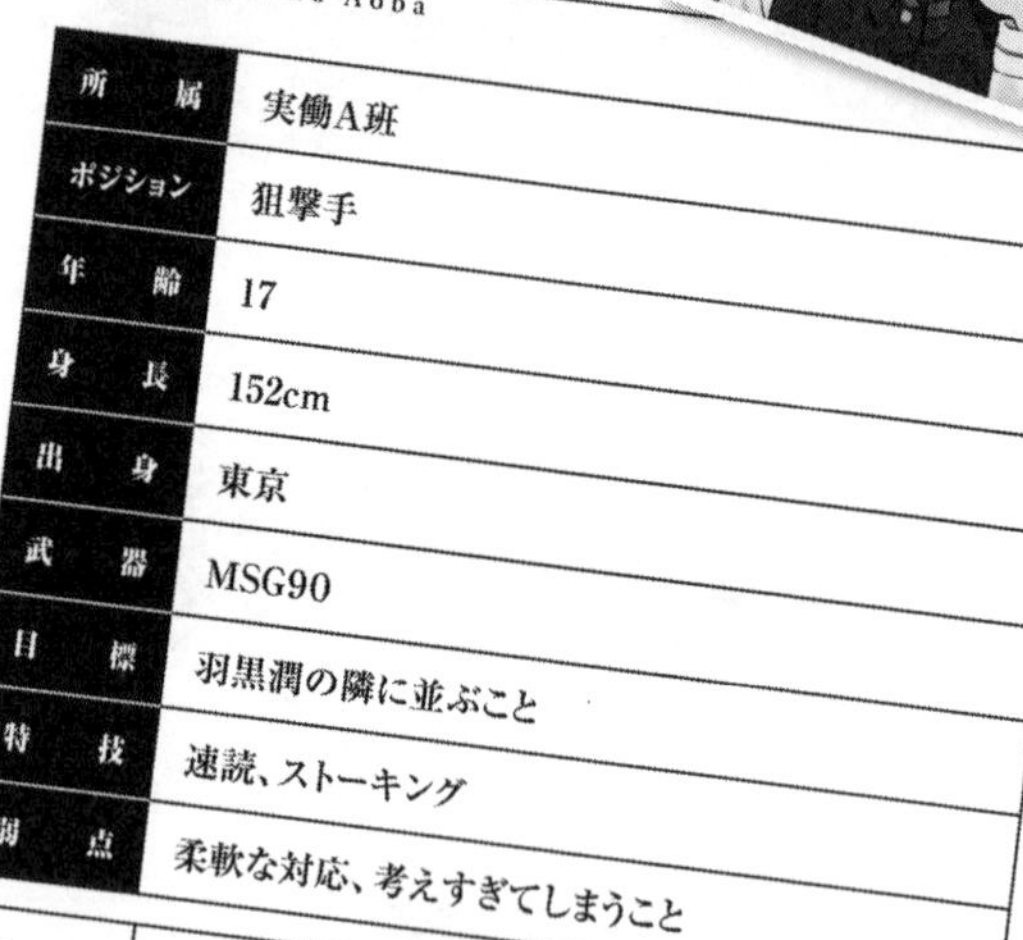

所属	実働A班
ポジション	狙撃手
年齢	17
身長	152cm
出身	東京
武器	MSG90
目標	羽黒潤の隣に並ぶこと
特技	速読、ストーキング
弱点	柔軟な対応、考えすぎてしまうこと

備考	
備考	人を撃てない状態に陥っていたが、執行官・潤との交流によって引き金を引く理由を見つけることに成功した。

以上

最重要機密書類
CONFIDENTIAL

紫蘭学園在籍生徒

新志 衣吹

Shinshi Ibuki

所属	実働A班
ポジション	戦闘員
年齢	18
身長	178cm
出身	ブラジル
武器	トーラスレイジングブル M500
目標	真っ向勝負で羽黒潤に勝つこと
特技	ガンスピン、格闘技
弱点	短気で大雑把、集中しすぎると周囲が見えなくなる

備考	戦闘能力のポテンシャルは高いものの実戦経験の不足が見受けられたが、潤の指導によって解消してきている。

以上

あとがき

「1つ目の愛」トロフィーを獲得しました。

異端な彼らの機密教室2巻を手に取っていただきありがとうございます。泰山北斗（たいざんほくと）です。

さて、あとがきから読み始めるタイプの人には盛大なネタバレですが……。

青葉（あおば）がデレたぁぁぁぁぁぁぁぁぁぁぁっ！　いやったぁぁぁぁぁぁぁぁぁっ！

本作の主人公、羽黒潤（はぐろじゅん）もだんだんと人に嫌われること、そうでないことの区別もついていき、人としての魅力が上がり、ヒロインズとの関係がどう変化していくのか楽しみでなりません。

ところで、青葉が身に付けているヘアバンドですが、僕が当初想定していたキャラデザには、ナツミカンの花とリボンは付いていなかったのです。しかし、青葉に花が飾られたことによって、彼女の過去にも、現在の想いにも彩りが追加されました。まじ感謝です。

作中でも触れているナツミカンの花言葉は『清純』『親愛』そして『花嫁の歓び』。ミカエラはこれを知っていて、青葉の母、自分の妹の結婚式の日に渡したんだと思います。粋な奴だ。

みんなアクセサリーをつけてますし、それぞれに思い出があるんじゃないですかね。

それと……くそう！　ページが足りない！　もっと語りたいのにっ！

以下、謝辞を述べさせていただきます。

nauribon先生。今回も素敵なイラストの数々、ありがとうございます！

物語の構成上、青葉過多でしたが、彼女のいろんな表情が見られて最高です。特に口絵の狙撃シーンは人生で一番好きなイラストに出会えた。という気がします。額縁に入れて飾りたいくらいに。そして、青葉のヘアバンドが素敵なシーンに化けるとは思いませんでしたね。そういう意味では、あのシーンは先生のおかげで書けたと言っても過言ではないです！

担当編集の及川様。今回も多大なるご協力ありがとうございます！

お忙しい中、時間を縫っていただいたことは、感謝の念に堪えません。次こそは締切寸前ではなくもっと余裕を持って原稿を上げることでしょう。未来の僕がきっと！　やってくれると思います。ですので、スケジュールが差し迫っている中、スノーボードに興じていた愚をお許しくださいませぇ。

最後に読者の皆様、本作も手に取っていただきありがとうございます！

異端な彼らの機密教室は今巻完結となってしまいました。しかし、彼らの人生が終わるわけではなく、本当に表に出ない日常の裏で戦い続けることでしょう。

読者様がいるからこそ、我々作家が存在するのだと、ひしひしと実感しております。僕の引き金は、皆様が読んでくださるからこそ引けるのです。それが僕の引き金（小説）を引く（書く）理由であります。これからも精進してまいりますので、応援のほどよろしくお願いいたします。

ファンレター、作品の
ご感想をお待ちしています

〈あて先〉

〒105-0001
東京都港区虎ノ門2-2-1
ＳＢクリエイティブ（株）
GA文庫編集部 気付

「泰山北斗先生」係
「nauribon先生」係

本書に関するご意見・ご感想は
右の QR コードよりお寄せください。

※アクセスの際や登録時に発生する通信費等はご負担ください。

https://ga.sbcr.jp/

異端な彼らの機密教室２
思春期スナイパーの引き金を引く理由

発　行　　2024年5月31日　初版第一刷発行
著　者　　泰山北斗
発行者　　出井貴完

発行所　　SBクリエイティブ株式会社
〒105-0001
東京都港区虎ノ門2-2-1

装　丁　　AFTERGLOW

印刷・製本　中央精版印刷株式会社

ISBN978-4-8156-2343-2
Printed in Japan
GA文庫

試読版は
こちら!

試読版は
こちら!

試読版は
こちら!

試読版は
こちら！